DIESES BUCH GEHÖRT:

Die drei !!!

Die drei !!!

Gefahr im Reitstall

Henriette Wich

KOSMOS

Umschlagillustration von Ina Biber, Gilching
Umschlaggestaltung von Sabine Reddig

Weitere Bände dieser Reihe siehe S. 160

FSC
www.fsc.org
MIX
Papier aus verantwortungsvollen Quellen
FSC® C083411

Gedruckt auf Cradle to Cradle Certified™ Munken Papier

ISBN 978-3-440-16958-2
Redaktion: Franziska Latoska
Produktion: Lena Geiger
Druck und Bindung: CPI Books GmbH, Leck
Printed in Germany / Imprimé en Allemagne

Die drei !!!

Gefahr im Reitstall

Vier ist eine zu viel

»Nein, du kannst wirklich nicht bleiben!«, sagte Franzi zu Benni, während sie mit ihren Inlinern elegant vor dem *Café Lomo* abbremste. »Du weißt doch, heute haben die drei !!! Clubtreffen, das ist streng geheim.«

Benni rollte geschickt an ihr vorbei und blockierte die Tür.

»Na gut, ich lass dich gehen, aber nur unter einer Bedingung.«

»Welche denn?«, fragte Franzi und plötzlich klopfte ihr Herz schneller. Obwohl sie schon über zwei Monate mit Benni zusammen war, war sie immer noch total verliebt in ihn.

Benni strahlte sie mit seinen blauen Augen an und drückte ihr einen sanften Kuss auf die Lippen. Franzi verlor die Kontrolle über ihre Inliner. Sie wackelte gefährlich, doch Benni merkte es zum Glück und fing sie in seinen Armen auf. Franzi machte die Augen zu und kuschelte sich an seine Brust.

Plötzlich räusperte sich jemand neben ihr. »Ihr habt euch ja den perfekten Platz zum Knutschen ausgesucht, genau vor der Tür! Lasst ihr mich durch oder dauert das noch länger?« Sofort machte Franzi die Augen wieder auf und löste sich aus

Bennis Armen. Vor ihr stand Kim, die Gründerin des Detektivclubs *Die drei !!!*, und grinste breit.
Franzi wurde rot. »Ich ... äh ... wir ... klar kannst du durch, wir haben uns nur noch schnell verabschiedet.«
»Stimmt, ich bin eigentlich längst weg«, sagte Benni, doch statt die Tür freizugeben, hauchte er Franzi einen Kuss auf die Nasenspitze und dann noch je ein Küsschen auf die linke und auf die rechte Wange.
Franzi musste lachen, aber Kim wurde langsam ungeduldig und verdrehte die Augen. »Kommst du jetzt endlich?«
»Klar«, sagte Franzi und riss sich von Benni los. Schließlich gab es neben der zweitwichtigsten Sache der Welt, der Liebe, noch die allerwichtigste Sache in ihrem Leben: den Detektivclub!
Fünf Minuten später saß sie mit Kim in der Sofaecke des Cafés, hatte ihre Inliner gegen normale Schuhe getauscht und schlürfte genüsslich den Schaum von ihrem *Kakao Spezial* mit Vanillearoma.
Kim gönnte sich zum Kakao noch einen extragroßen Schokomuffin. Bei Schokolade und Gummibärchen konnte sie einfach nicht widerstehen. Zur Entschuldigung behauptete sie immer, sie würde die Süßigkeiten zur besseren Konzentration brauchen, weil sie schließlich der Kopf der drei !!! sei und sich mit Computern und Technik herumschlagen müsse.
Nachdem der Muffin innerhalb kürzester Zeit in ihrem Mund verschwunden war, sah Kim auf ihre Armbanduhr und seufzte. »Typisch! Marie ist natürlich wieder zu spät. Ich bin gespannt,

welche Ausrede sie diesmal hat: Aerobic, Theaterworkshop oder Gesangsstunde.«

Normalerweise fand Franzi Maries Unpünktlichkeit und ihre vielen wahnsinnig wichtigen Termine auch extrem nervig, aber heute war sie viel zu gut gelaunt, um sich darüber zu ärgern.

»Sie wird schon noch kommen«, meinte Franzi deshalb nur, während sie sich im Lokal umsah. Inzwischen war das *Café Lomo* fast schon ihr zweites Zuhause geworden. Dort trafen sich die drei !!! regelmäßig, wenn sie über ihre aktuellen Fälle sprechen wollten. Besonders geheime Dinge beredeten sie allerdings lieber im Hauptquartier, einem alten Pferdeschuppen daheim bei Franzi, den sie extra entrümpelt und schön eingerichtet hatten.

Da stürmte Marie mit wehenden Haaren zur Tür herein. Wie immer war sie von Kopf bis Fuß gestylt und trug eine nagelneue schwarze Bikerjacke, die perfekt zu ihrem roten Rock und dem roten Lippenstift passte. Manchmal wünschte sich Franzi, sie könnte auch alle naselang shoppen gehen wie Marie, aber leider war ihr Vater nur Tierarzt und kein berühmter Schauspieler, der mit seiner Rolle als Hauptkommissar Brockmeier in der Krimiserie *Vorstadtwache* jede Menge Geld verdiente.

»Na endlich!«, rief Kim. »Das wurde aber auch Zeit. Wir warten schon ewig.«

»Ach, wirklich?«, fragte Marie und sah überhaupt nicht schuldbewusst aus. Sie warf sich aufs Sofa neben Franzi, holte einen Briefumschlag aus ihrer Jacke und wedelte damit vor Kims Nase herum. »Ratet mal, wer uns geschrieben hat!«

»Du wirst es uns bestimmt gleich erzählen«, sagte Kim, die immer noch ziemlich angesäuert war.
Marie ließ sich davon nicht beeindrucken und strahlte Franzi an. »Was meinst du?«
»Keine Ahnung«, antwortete Franzi. »Jetzt sag schon, spann uns nicht auf die Folter!«
Marie klimperte mit ihren schwarz getuschten Wimpern und rief triumphierend: »Der Brief ist von Nick!«
Plötzlich war Kim wie ausgewechselt. »Echt, von Nick? Was schreibt er denn? Mensch, lies vor!«
Franzi rückte näher an Marie heran. Sie konnte es auch kaum erwarten. Die Detektivinnen hatten Nick, den Leadsänger einer bekannten Boygroup, bei ihrem letzten Fall kennengelernt und ihm in einer ziemlich brenzligen Lage geholfen. Dabei hatten sie sich alle drei ein bisschen in ihn verknallt, hinterher aber festgestellt, dass es doch nur harmlose Schwärmerei gewesen war. Trotzdem ertappte sich Franzi dabei, dass es auch heute noch in ihrem Bauch kribbelte, wenn sie an ihn dachte.
Marie öffnete feierlich den Briefumschlag, holte eine Autogrammkarte von Nick heraus und las den Text auf der Rückseite vor.

Hallo Marie, Kim und Franzi!
Ich wollte mich noch mal bei euch bedanken. Ihr habt mich echt gerettet. Das werde ich nie vergessen – und euch auch nicht!
Liebe Grüße, Nick

»Süß!«, rief Kim, und Marie seufzte und sah auf einmal ganz sehnsüchtig aus.
Franzi hätte am liebsten auch geseufzt, aber sie verkniff es sich lieber, weil sie ein schlechtes Gewissen wegen Benni hatte, und sagte: »Nett von Nick, aber können wir jetzt wieder von was anderem reden? Kim! Wie geht es denn dir und Michi?« Kim wurde kurz rot, doch dann lächelte sie selig. »Gut, sehr gut! Wir sind immer noch total glücklich miteinander.« Kim hatte sich gleich beim ersten Fall der drei !!! Hals über Kopf in Michi Millbrandt verliebt und sorgte seitdem dafür, dass er ihnen so oft wie möglich bei ihren Ermittlungen half. Vor zwei Monaten am Valentinstag war sie endlich mit ihm zusammengekommen.
»Und was macht dein Holger?«, erkundigte sich Franzi bei Marie.
Plötzlich verschwand Maries Lächeln. Tonlos murmelte sie: »Er ist heute nach England geflogen, nach Manchester, für einen Monat. Ich konnte ihm diesen blöden Schüleraustausch einfach nicht ausreden.«
»Das ist doch toll!«, sagte Franzi. »Jetzt kannst du endlich wieder deine Freiheit genießen, die brauchst du doch, oder?« Marie hielt nichts von allzu engen Beziehungen und flirtete für ihr Leben gern. Doch heute schien sie die Vorstellung gar nicht berauschend zu finden, dass ihr Freund, der ohnehin weit weg wohnte, jetzt für einige Zeit noch weiter weg sein würde.
»Diese Corinna, seine Mitschülerin, mit der er neulich für die Englischklausur gelernt hat, ist auch mitgeflogen«, sagte Marie mit düsterem Gesichtsausdruck. »Die nutzt bestimmt die

günstige Gelegenheit und wirft sich ihm an den Hals.« Kim legte ihr tröstend die Hand auf den Arm. »Das glaub ich nicht, Holger ist dir sicher treu. Und ich finde, Franzi hat recht, wir sollten das Thema wechseln. Gibt es irgendwas Neues für unseren Detektivclub? Hat jemand von euch etwas Verdächtiges beobachtet, das für die drei !!! interessant sein könnte?«

Franzi und Marie schüttelten beide den Kopf.

»Leider nicht«, sagte Franzi. »Obwohl ich wirklich Lust auf einen neuen Fall hätte.«

»Bis jetzt konnten wir uns ja kaum retten vor Verbrechen, die zufällig in unserer Nähe passiert sind«, sagte Marie.

Franzi nickte, während sie die verschiedenen Fälle noch mal kurz Revue passieren ließ. Inzwischen waren sie mit ihrem Detektivclub schon richtige Profis und hatten über zehn Fälle gelöst, einen davon sogar im Ausland. Ab und zu hatte ihnen dabei Kommissar Peters geholfen, ein Freund von Maries Vater, aber das meiste hatten sie ganz alleine geschafft, und darauf waren sie ziemlich stolz.

Kim nickte. »Wir müssen wahrscheinlich nur ein bisschen Geduld haben, und wenn wir es am wenigsten erwarten, schneit plötzlich ein neuer Fall herein, einfach so.«

Kaum hatte sie den Satz zu Ende gesprochen, betrat ein Mädchen mit kurzen blonden Locken das Café. Sie trug eine Reithose und Reitstiefel, sah sich um, stutzte und steuerte dann zielstrebig auf den Tisch der drei !!! zu.

»Hi, Franzi, das ist ja ein Zufall!«, rief sie. »Was machst du denn hier?«

Franzi brauchte zwei Sekunden, bis sie sich erinnerte, woher sie das Mädchen kannte. Dann fiel es ihr wieder ein. Fiona Röhn war mitten im Schuljahr umgezogen und ging seit einer Woche in Franzis Parallelklasse. Bisher war ihr die Neue allerdings kaum aufgefallen, weil sie nur im Religionsunterricht mit ihr zusammen war.

»Hallo, Fiona!«, sagte Franzi. »Ich bin hier mit meinen Freundinnen vom Detektivclub. Das sind Marie und Kim.«

Kim und Marie waren nicht gerade begeistert, dass diese Fiona einfach so in ihr Treffen hineinplatzte, und nickten nur kurz. Fiona schien es nicht zu merken. »Ihr habt einen Detektivclub? Das ist ja cool! Ich hatte auch mal einen, früher, in der Grundschule. Dann habt ihr sicher viel zu besprechen, oder? Ich geh besser wieder …« Sie hatte sich schon halb umgedreht, da blieb ihr Blick beim Tisch hängen, auf dem immer noch die Autogrammkarte von Nick lag. »Sagt bloß, das ist ein echtes Autogramm von Nick? Er ist ja sooo süß!«

»Ja, sehr süß«, sagte Kim. »Und das Autogramm ist tatsächlich echt. Jetzt müssen wir aber wirklich …«

»Wie seid ihr denn an das Autogramm rangekommen?«, fragte Fiona weiter. »Könnt ihr mir auch eins besorgen?«

»Klar«, sagte Franzi. »Zufällig kennen wir Nick persönlich und … autsch!«

Weiter kam sie nicht, weil Marie ihr unter dem Tisch auf den Fuß trat und dabei gleichzeitig Fiona mit hochgezogenen Augenbrauen musterte. »Das können wir dir leider nicht versprechen.«

Franzi warf Marie einen verärgerten Blick zu. Musste sie gleich so unfreundlich sein?

»Hmm ... schade«, sagte Fiona. »Na ja, ich wollte nur mal fragen. Jetzt lass ich euch aber endlich allein. Ich muss sowieso los, zurück zu unseren Ponys.«

»Du hast Ponys?«, rutschte es Franzi heraus. Sie musste sofort an Tinka denken, ihr eigenes Pony, mit dem sie, so oft es ging, lange Ausritte machte.

»Ja«, sagte Fiona. »Meine Eltern haben gerade erst einen Ponyhof gekauft. Da gibt es natürlich jede Menge zu tun.«

Franzis Augen fingen an zu leuchten. »Das ist ja spannend! Wo ist denn euer Ponyhof?«

Kim stöhnte leise und Marie machte ihr heimlich hektische Zeichen, dass sie aufhören sollte zu fragen, aber Franzi tat so, als würde sie die Zeichen nicht sehen.

»Unser Ponyhof ist im Föhrenwinkel«, sagte Fiona, »ganz in der Nähe der neuen Bundesstraße.«

Franzi nickte. »Ja, den Ponyhof kenn ich. Vor Jahren bin ich mal dort gewesen. Leider ist er ziemlich weit weg von mir zu Hause, am anderen Ende der Stadt. Aber erzähl mal, wie viele Ponys habt ihr denn?«

Maries Zeichen wurden immer unmissverständlicher, aber Franzi ignorierte sie. Das Thema war einfach zu aufregend.

»Warte mal, da muss ich selber erst überlegen«, antwortete Fiona und fuhr sich durch die kurzen blonden Locken. »Ich glaube, insgesamt sind es zehn Ponys. Dann haben wir auch noch zwei Pferde und eine eigene Pferdekutsche.«

Franzi pfiff durch die Zähne. »Toll! Und welche Rassen habt ihr so? Sind es viele verschiedene? Und was … aua!«
Maries zweiter Fußtritt hatte richtig wehgetan. Jetzt konnte Franzi ihre Zeichen nicht länger ignorieren. »Äh … ich glaube, meine Freundinnen werden langsam ein bisschen unruhig«, sagte sie zu Fiona. »Lass uns morgen in der Pause weiterreden, okay?«
Fiona lächelte. »Kein Problem! Wie gesagt, ich muss eh los. Also dann, bis morgen!«
»Ciao!«, rief Franzi.
»Ciaoiii!«, machte Marie sie völlig übertrieben nach, als Fiona weit genug weg war und es nicht mehr hören konnte.
Franzi blitzte Marie wütend an. »Was soll das? Ich hab mich nur kurz unterhalten, das wird wohl noch erlaubt sein.«
»Natürlich!«, sagte Marie. »Entschuldige bitte vielmals! Ich wollte dich nicht bei deinem exorbitant wunderbaren Gespräch mit deiner neuen Freundin unterbrechen. Aber gib uns bitte rechtzeitig Bescheid, wenn du mit ihr einen Pferdeclub gründen willst und keine Zeit mehr für unseren Detektivclub hast.«
»So ein Blödsinn!«, sagte Franzi. »Für unseren Club hab ich natürlich immer Zeit. Suchst du Streit oder was?« Sie konnte es nicht ausstehen, wenn Marie ihre arrogante Seite herauskehrte und mit Fremdwörtern um sich warf, um zu betonen, dass sie aufs Gymnasium ging, während Franzi und Kim *bloß* auf der Gesamtschule waren.
»Keiner hier will Streit«, sagte Kim beschwichtigend. »Marie hat es nicht so gemeint, oder, Marie?«

Die lächelte zwar, aber Franzi fand, dass es nicht besonders überzeugend aussah.
Kim schien anderer Meinung zu sein. »Sehr schön! Dann ist ja alles wieder in Butter. Jetzt lasst uns wieder über unseren Detektivclub reden. Was haltet ihr übrigens davon, wenn wir mal unser Hauptquartier ausmisten? Da sieht es zurzeit ganz schön chaotisch aus.«
Franzi zuckte mit den Schultern. »Weiß nicht ...« Sie hasste es, ihr Zimmer aufzuräumen, und tat es nur, wenn ihre Mutter sie dazu drängte. Auch noch freiwillig aufzuräumen, dazu hatte sie absolut keine Lust. »Können wir das nicht vertagen?«, fragte sie.
»Ja, vertagen wir das Thema«, stimmte Marie zu. »Ich hab nämlich noch einen anderen Vorschlag. Wir könnten uns mal wieder ein paar spannende Hörspiele von den *Drei ???* reinziehen. Das haben wir schon ewig nicht mehr gemacht.« Dabei zeigte sie auf die Hörspiel-Lounge im Café, die ausnahmsweise frei war.
Franzis Laune besserte sich schlagartig. Manchmal war Marie wirklich unausstehlich, aber hin und wieder hatte sie auch echt gute Ideen.
Lachend sprang Franzi auf und hakte sich bei Kim ein. »Los, komm! Du bist eindeutig überstimmt.«

Herzklopfen auf der Koppel

»Danke, dass ich gleich mit zu dir darf!«, sagte Fiona am nächsten Nachmittag, während sie neben Franzi unter blühenden Bäumen die Straßen entlangradelte.

»Klar doch«, sagte Franzi.

Obwohl sie Fiona noch nicht gut kannte, verstand sie sich supergut mit ihr. In der Pause hatten sie sich die ganze Zeit über Pferde unterhalten und Fiona hatte vorgeschlagen, dass sie möglichst bald gegenseitig ihre Ponys kennenlernen sollten. Und da Franzi heute am Spätnachmittag noch Klavierstunde hatte und nicht wegkonnte, hatte sie Fiona spontan zu sich eingeladen.

Nach einer halben Stunde Fahrt tauchte das rote Backsteinhaus mit den dunkelblauen Fensterläden vor ihnen auf, in dem Franzi wohnte. Fiona stieg vom Rad ab und ließ ihren Blick über das Wohnhaus, den alten Pferdeschuppen und den dahinter angrenzenden Obstgarten schweifen. Die Frühlingssonne tauchte alles in ein warmes, freundliches Licht.

»Schön habt ihr es hier! Und wo ist Tinka? Im Pferdeschuppen?«

Franzi schüttelte den Kopf. »Nein, da ist unser Haupt... äh ... nein, da ist was anderes drin.« Beinahe hätte sie sich verplappert. Fiona war zwar echt nett, aber wo das geheime Hauptquartier der drei !!! lag, musste sie ihr trotzdem nicht gleich verraten. »Da drüben ist Tinkas Stall«, sagte sie deshalb schnell und zeigte in die entgegengesetzte Richtung.
»Aber heute bei dem schönen Wetter ist sie auf der Weide.«
Dann nichts wie hin!«, sagte Fiona mit leuchtenden Augen. Fünf Minuten später waren sie bei der Koppel und lockten Franzis Pony an, das ein paar Meter hinter dem Zaun entspannt graste.
»Tinka, komm, Kleine!«, rief Franzi.
Die Rappstute hob den Kopf, schüttelte kurz ihre Mähne und trabte fröhlich auf die Mädchen zu. Als sie am Gatter angelangt war, streckte sie den Kopf über den Zaun und blies Franzi sanft ins Ohr.
Franzi lachte. »Ja, ich freu mich auch, dich zu sehen! Heute bin ich nicht allein. Sieh mal, wen ich mitgebracht habe: Das ist Fiona.«
Tinka drehte sich zu Fiona um und sah die neue Besucherin mit sanften braunen Augen an. Dann schnaubte sie leise und rieb ihren Kopf an Fionas Schulter.
»Ist die süß!«, rief Fiona. »Und so zutraulich.«
Franzi nickte. »Ja, Tinka ist wirklich das gutmütigste New-Forest-Pony, das ich kenne. Sie hat mich bisher auch nur einmal abgeworfen, und selbst das nur aus Versehen, weil sie wegen einer Plastiktüte erschrocken ist, die vor ihr auf dem Weg

lag.« Fiona streckte vorsichtig ihre Hand aus und kraulte Tinkas Hals. Die Rappstute machte genießerisch die Augen zu. Fiona seufzte. »So was würde mein Domino nie zulassen. Der ist das glatte Gegenteil von deiner Tinka: ein Fuchs mit Feuer unter dem Hintern, oft misstrauisch und dickköpfig. Leider hat er alle schlechten Eigenschaften eines Deutschen Reitponys auf einmal. Trotzdem liebe ich ihn heiß und innig.«

»Kann ich gut verstehen«, sagte Franzi, während sie aus ihrer Jackentasche eine Karotte holte und Tinka mit ihrem Lieblingsleckerbissen fütterte. »Das eigene Pony wächst einem einfach ans Herz. Das will man nie mehr hergeben, oder?«

»Ganz genau«, stimmte Fiona zu. Dann sah sie Franzi zögernd an. »Du, darf ich dich mal was fragen?«

Franzi nickte. »Natürlich, was denn?«

»Ich würde total gern auf Tinka reiten, nur ganz kurz«, sagte Fiona. »Hättest du was dagegen?«

Franzi lachte. So besitzergreifend war sie nun auch nicht, dass sie ihr Pony keinem anderen Reiter anvertraut hätte.

»Nein, ich hab nichts dagegen, und Tinka bestimmt auch nicht. Warte, ich hol nur schnell Sattel und Zaumzeug aus dem Stall.«

»Nicht nötig«, sagte Fiona, »aber hast du vielleicht eine Kappe für mich?«

»Klar«, rief Franzi und rannte schnell zur Sattelkammer. Als sie mit einem Reithelm in der Hand zurückkam, machte Fiona bereits das Gatter zur Koppel auf. Schnell schlüpfte sie hinein, machte das Gatter wieder zu und ging auf Tinka zu.

»Na, hast du Lust auf eine kleine Runde über die Koppel?« Tinka spitzte gespannt die Ohren, als hätte sie jedes einzelne Wort verstanden. Fiona griff in die Mähne des Ponys, holte Schwung und saß im nächsten Augenblick sicher oben auf dem Rücken. Kaum hatte sie sanften Schenkeldruck gegeben, lief Tinka auch schon los.

»Viel Spaß!«, rief Franzi und winkte ihrer neuen Freundin zu. Fiona winkte zurück, dann konzentrierte sie sich wieder aufs Reiten. Sie umrundete mit Tinka zweimal die Koppel, bevor sie in einen leichten Trab fiel.

Franzi sah Fiona bewundernd zu. Obwohl sie keinen Sattel hatte, rutschte sie kaum hin und her und passte sich spielend den Bewegungen des Ponys an.

Fiona kann wirklich sehr gut reiten, dachte Franzi. Kein Wunder! Wenn ihre Eltern einen Ponyhof haben, hat sie sicher schon früh damit angefangen.

Nach ein paar Runden kehrte Fiona wieder zum Zaun zurück und stieg schwungvoll ab. »Danke, Franzi, das war toll! Dein Pony ist super.«

Franzi grinste. »Ja, finde ich auch. Aber auf deinen Domino bin ich auch schon gespannt. Wir müssen unbedingt mal zusammen ausreiten.«

»Au ja!«, sagte Fiona, klopfte Tinka noch mal auf den Rücken und verließ die Koppel. »Bei uns auf dem Ponyhof kannst du dir das Pony aussuchen, das dir am besten gefällt.«

»Super«, sagte Franzi. »Das einzige Problem ist, dass euer Hof so weit weg ist. Mit dem Rad brauche ich ewig dorthin.«

Fiona überlegte, während sie einen kleinen Zopf in Tinkas Mähne flocht. »Hmm … Können deine Eltern dich nicht mit dem Auto hinbringen?«
Franzi schüttelte den Kopf. »Die sind leider unter der Woche viel zu beschäftigt. Mein Vater ist von früh bis spät in seiner Tierarztpraxis und meine Mutter hilft ihm, wenn sie nicht gerade Kuchen bäckt oder im Haushalt herumwerkelt.«
»Verstehe«, sagte Fiona.
Sie schwiegen beide ratlos, als sie plötzlich Schritte hörten und jemanden, der fröhlich vor sich hin pfiff. Im nächsten Augenblick bog Stefan um die Ecke. Er hatte die Hände tief in die Hosentaschen vergraben und lächelte breit, als er Franzi und Fiona entdeckte.
»Ist das dein Freund?«, flüsterte Fiona Franzi aufgeregt ins Ohr.
Franzi lachte schallend. »Nein, das ist nur mein großer Bruder. Hallo, Stefan, na, wie geht's, wie steht's?«
»Gut«, sagte Stefan und fuhr sich mit einer lässigen Bewegung durch die rötlich braunen Locken. Dann sah er fragend zu Fiona. »Willst du mich nicht vorstellen?«
»Äh … das ist Fiona«, beeilte sich Franzi zu erklären. »Eine neue Freundin von mir. Sie reitet auch, ihre Eltern haben einen Ponyhof am anderen Ende der Stadt.«
Stefan schüttelte Fionas Hand und strahlte sie an. »Das ist ja nett! Schön, dich kennenzulernen.«
Fiona wurde rot und stammelte irgendetwas, das so ähnlich klang wie: »Ja, dich … nein, ich … f…freu mich auch.«

Da griff Stefan in die linke Hosentasche und holte seinen Autoschlüssel heraus. »Leider kann ich nicht länger bei euch bleiben. Ich wollte nur schnell frische Luft schnappen, bevor ich losfahre.«
»Du hast ein Auto?«, fragte Fiona eifrig und stammelte plötzlich überhaupt nicht mehr.
»Ja, klar«, sagte Stefan. »Es ist zwar nur ein altersschwacher Opel, aber er fährt zum Glück noch ziemlich zuverlässig.«
Fiona klimperte mit ihren langen braunen Wimpern und sagte zu Stefan: »Du bist unsere letzte Rettung! Wir überlegen nämlich gerade verzweifelt, wie Franzi zu mir nach Hause auf den Ponyhof kommen könnte, in den Föhrenwinkel. Könntest du sie vielleicht mitnehmen?«
Stefan zögerte. »Hmm ... ja, warum nicht? Wann willst du denn hin, Franzi?«
»Morgen!«, riefen Franzi und Fiona wie aus einem Mund. Stefan lachte. »Gleich morgen also. Wartet mal ... Ihr habt Glück! Ich muss morgen sowieso in die Gegend.«
»Du bist ein Schatz!«, sagte Fiona. Franzi fand das Kompliment zwar ein bisschen übertrieben, aber sie freute sich natürlich auch, dass Stefan gleich Ja gesagt hatte.
Stefan winkte ab. »Keine Ursache.«
Sie machten noch die Uhrzeit für den nächsten Tag aus, dann verabschiedete sich Stefan und lief pfeifend zu seinem Auto. Fiona starrte ihm nach, bis er um die Ecke gebogen war. Danach starrte sie weiter auf die leere Stelle, an der er zuletzt gestanden hatte, und war völlig weggetreten.

Franzi räusperte sich und grinste. »Schlag ihn dir am besten gleich aus dem Kopf!«
»Wieso?«, fragte Fiona und tat so, als sei nichts gewesen.
Franzi grinste noch breiter. »Gib's zu! Du findest ihn doch süß, oder?«
Fiona wurde knallrot. »Hmm ... ja ... schon irgendwie.«
»Na also«, sagte Franzi. »Hab ich mir doch gleich gedacht. Aber du solltest ihn wirklich vergessen. Er ist viel zu alt für dich. Außerdem ist er längst vergeben. Seine geliebte Sonja würde er nie hergeben, auch wenn er sich dauernd mit ihr streitet.«
Fiona entfuhr ein enttäuschter Seufzer. »Schade.«
Franzi zuckte mit den Schultern. »Ach was! Es gibt tausend andere nette Jungs, die nicht so unerreichbar sind wie Stefan oder Nick. An unserer Schule zum Beispiel.«
»Vielleicht hast du recht«, sagte Fiona, obwohl sie nicht besonders überzeugt klang.
»Natürlich hab ich recht«, sagte Franzi und musste an Marie denken, die auch lange Zeit unglücklich in Stefan verliebt gewesen war. Bis sie endlich eingesehen hatte, dass es hoffnungslos und daher der totale Blödsinn war, und sich ihren Holger geschnappt hatte.
»Hat hier jemand Lust auf Kirschkuchen?«, fragte plötzlich Frau Winkler.
Franzi hatte ihre Mutter gar nicht kommen hören. Frau Winkler trug eine blau-rot karierte Schürze, stemmte die Hände in die fülligen Hüften und blitzte die Mädchen mit ihren

grünen Augen an. »Ich hab euch vom Fenster aus gesehen und dachte mir, reiten macht bestimmt hungrig.«

Erst jetzt merkte Franzi, dass ihr Magen grummelte. »Gute Idee, danke, Mama!« Und zu Fiona sagte sie: »Meine Mutter macht den besten Kirschkuchen der Welt.« Fiona leckte sich die Lippen. »Hmm, ich *liebe* Kirschkuchen!«

Drei Stunden später hatte Franzi zwei Stück Kuchen im Bauch, alle Hausaufgaben erledigt und die lästige Klavierstunde hinter sich. Bis zum Abendessen war noch etwas Zeit und sie überlegte gerade, ob sie schnell noch Benni anrufen sollte, als ihr Handy klingelte.

Es war Kim. Gleich nach der Begrüßung platzte sie mit ihrem Vorschlag, der mehr wie ein Befehl klang, heraus: »Du, wir müssen wirklich dringend unser Hauptquartier aufräumen! Also, wie sieht's aus? Morgen um drei Sonderclubtreffen bei dir?«

Franzi hatte gehofft, dass Kim die Aktion vergessen würde, aber die hatte leider ein hervorragendes Gedächtnis. »So schlimm sieht es doch gar nicht aus«, sagte sie. »Und momentan haben wir eh keinen Fall.«

»Genau!«, sagte Kim. »Wenn aber einer kommt, haben wir keine Zeit mehr zum Aufräumen. Also ist jetzt der ideale Zeitpunkt.«

Franzi stöhnte. Wie konnte sie Kim nur die blöde Idee ausreden? »Hör mal«, fing sie an, »findest du nicht, dass wir das in Ruhe machen sollten, irgendwann in den nächsten Ferien oder so?«

»Dann machen wir es nie!«, antwortete Kim prompt. »Was ist los mit dir? Bringen wir's hinter uns, je schneller, desto besser. Oder hast du etwa schon was anderes vor?«
Franzi zögerte. »Nein ... äh ... ja, doch, schon«, gab sie schließlich zu.
Kim schnappte nach Luft. »Sag bloß, du willst dich mit dieser Fiona treffen?«
»Sie wollte mir morgen Nachmittag ihren Ponyhof zeigen«, sagte Franzi. »Und ich hab auch schon eine Mitfahrgelegenheit, Stefan bringt mich hin.«
Schweigen aus dem Handy. Dann brach es aus Kim heraus: »Mensch, du hast doch erst gestern gesagt, der Club geht vor!«
»Das stimmt ja auch«, verteidigte sich Franzi. »Wenn etwas wirklich dringend ist.«
Kims Stimme klang auf einmal eisig. »Die Aufräumaktion *ist* dringend!«
Jetzt wurde Franzi langsam sauer. Kim machte aus einer Mücke einen Elefanten und spielte sich total auf.
»Tut mir leid«, sagte Franzi. »Ich kann morgen nicht, basta!« Und bevor Kim sich noch mehr aufregen konnte, legte Franzi wütend auf. Warum musste Kim bloß so stur sein? Als ob es auf einen Tag mehr oder weniger ankam.
Plötzlich hatte sie eine riesige Sehnsucht nach Benni. Sie musste ihn jetzt unbedingt anrufen, um ihren Ärger loszuwerden. Aber bevor sie die Nummer anwählen konnte, klingelte ihr Handy ein zweites Mal.
Ihr Herz klopfte ganz schnell. »Benni, bist du's?«

»Nein, hier ist Marie. Hat Kim dich schon erreicht? Sie wollte für morgen ein Treffen vereinbaren.«

Franzi wäre am liebsten durch den Hörer gesprungen. »Ich kann morgen nicht!«, stellte sie klar.

»Aber wieso denn nicht?«, fragte Marie prompt.

Franzi musste alles noch mal von vorne erzählen. Und Marie reagierte genauso eifersüchtig wie Kim. »Was? Diese Fiona ist dir wichtiger als unser Club?«

»Wenn du das glaubst, bist du selber schuld«, sagte Franzi. »Wie oft soll ich es denn noch erklären? Fiona hat nur morgen Zeit, und Stefan kann ich auch nicht absagen, wenn er mich schon mit dem Auto hin...«

Weiter kam sie nicht. »Stefan?«, unterbrach Marie sie und klang auf einmal überhaupt nicht mehr sauer. »Stefan bringt dich hin? Warum hast du das nicht gleich gesagt? Das ist natürlich was anderes. Ist ja echt nett von ihm.«

Franzi raufte sich die Haare. Das war mal wieder typisch Marie. Kaum war Holger außer Sichtweite in England, erinnerte sie sich sofort wieder an ihren alten Schwarm.

»Ihr habt doch noch einen Platz im Auto frei, oder?«, hakte Marie nach. »Ich wollte mir ja schon immer mal so einen Ponyhof ansehen.«

Franzi glaubte ihr kein Wort. Marie hatte mit Pferden noch nie was anfangen können, es sei denn, sie waren auf ein T-Shirt oder eine Bluse aufgedruckt und gerade total angesagt. In der Hinsicht lag sie mit Franzis sechzehnjähriger Schwester Chrissie genau auf einer Wellenlänge.

»Bitte!«, sagte Marie. »Kann ich mitfahren? Dafür rede ich auch mit Kim und bringe sie dazu, dass sie das Treffen verschiebt.«
Das war glatte Erpressung, aber Franzi wusste nicht, wie sie sonst aus der verfahrenen Situation herauskommen sollte.
»Na gut«, gab sie sich schließlich geschlagen. »Du kannst mitfahren.«
Marie drückte einen dicken Schmatzer auf den Hörer, der wie eine Kaugummiblase an Franzis Ohr zerplatzte. »Du bist ein Schatz!«
Franzi musste grinsen. Den Satz hatte sie heute doch schon mal gehört.

Ponyhof Hufeisen

»Ponys sind wirklich sehr interessante Tiere! So intelligent und archaisch irgendwie, ich meine, so ursprünglich in ihrer geballten Kraft, und dabei dieser Freiheitsdrang. Findest du nicht auch, Stefan?«, fragte Marie und beugte sich vom Beifahrersitz zu Franzis Bruder hinüber.

Franzi, die auf dem Rücksitz saß, verdrehte die Augen. Seit Marie zugestiegen war, quasselte sie ohne Punkt und Komma, um Stefan zu beeindrucken. Und der war leider mal wieder viel zu nett, um sie zu stoppen.

»Ja, klingt gut«, antwortete er und lächelte. »Aber ehrlich gesagt habe ich mit Pferden und Reiten nicht allzu viel am Hut. Das ist Franzis Hobby. Ich geh lieber schwimmen.« Marie rutschte ein Stück näher zu ihm hin und hüllte ihn mit einer Wolke ihres neuen Parfüms ein, das intensiv nach Flieder duftete. »Du sprichst mir aus der Seele! Ich wollte Franzi nicht kränken, weißt du, sie hängt doch so an ihrem Pony. Ich schwimme auch sehr gern, am liebsten bei uns zu Hause im Pool auf dem Dach. Wenn es wieder wärmer wird, musst du unbedingt mal vorbeikommen, ja?«

»Danke für das nette Angebot«, sagte Stefan. »Vielleicht schau ich wirklich mal vorbei.«
Marie verzog ihren rot glitzernden Erdbeermund. »Nicht vielleicht, ganz bestimmt! Du musst es versprechen.«
Stefan lachte. »Okay, ich … verdammt!« Marie zuckte zusammen. »Entschuldige«, sagte er. »Ich hab nicht dich gemeint, sondern mein Auto. Der blöde Gang will einfach nicht reingehen.« Das Getriebe röhrte und Stefan versuchte fluchend, die Gangschaltung wieder in den Griff zu bekommen. Als es ihm endlich gelang, hatte er keine Lust mehr auf Small Talk und wurde ziemlich einsilbig, was Marie natürlich gar nicht gefiel.
Dafür hatte Franzi endlich Ruhe. Entspannt lehnte sie sich zurück und sah aus dem Fenster. Inzwischen hatten sie auf einer Umgehungsstraße die Stadt umrundet und bogen in die Bundesstraße ein. Jetzt war es nicht mehr weit bis zum Föhrenwinkel. Ein neues, selbst gemaltes Schild mit einem Hufeisen in Regenbogenfarben wies ihnen den Weg. *Ponyhof Hufeisen* war auch der neue Name des Hofs.
Franzi konnte es kaum noch erwarten. Sobald Stefan auf dem Kiesvorplatz vor dem Stall hielt, sprang sie aus dem Wagen.
»Bis später!«
»Warte!«, rief Stefan. »Ich hol euch in drei Stunden wieder ab, okay?«
»Ja, ist gut«, sagte Franzi.
Marie fand es gar nicht gut. Offenbar hatte sie sich schon darauf gefreut, zu zweit mit Stefan über den Hof zu schlendern

und romantische Gespräche mit ihm zu führen. »Du bleibst nicht hier?«, fragte sie enttäuscht.
Stefan schüttelte den Kopf. »Tut mir leid, ich muss einem Freund beim Umzug helfen.«
»Ach so«, sagte Marie. »Das ist ja schade. Ich werde dich vermissen!«
»Ich dich auch!«, sagte Stefan und schenkte Marie sein charmantes Lächeln, bevor er den Motor startete und knatternd davonfuhr.
Franzi tippte sich mit dem Zeigefinger an die Stirn. »Was sollte denn dieses Gesülze mit ›vermissen‹? Gut, dass Holger das nicht gehört hat!«
»Wieso?«, fragte Marie. »Ich bin doch nicht seine Sklavin.« Damit drehte sie Franzi den Rücken zu und folgte dem Wegweiser zum Reiterstübchen, dem einzigen Ort, bei dem sie sicher war, dass Pferde ihn nicht betreten durften.
Franzi grinste. Marie würde bestimmt einen superlangweiligen Nachmittag haben, aber das geschah ihr nur recht. Warum hatte sie sich auch unbedingt in ihre Verabredung mit reindrängeln müssen?
»Hi, Franzi! Da bist du ja.« Fiona kam gerade aus dem Stall und lief auf sie zu. Sie trug Reithosen und blitzblank geputzte Stiefel und schwenkte lachend ihre Reitkappe. »Herzlich willkommen auf unserem Ponyhof!«
»Danke«, sagte Franzi. »Ich hab mich schon die ganze Fahrt darauf gefreut, eure Ponys und Pferde zu sehen.«
Fiona zwinkerte ihr zu. »Eigentlich wollte ich ja eine große,

ausgiebige Führung machen und dir sämtliche Gebäude hier zeigen, aber ich vermute, du hast nichts dagegen, wenn wir die Führung abkürzen und gleich in den Stall gehen?«

»Du hast es erfasst!«, sagte Franzi.

Im Stall duftete es herrlich nach frischem Stroh, das eine rothaarige, schlanke Frau gerade mit einer Mistgabel in den Boxen verteilte. Sie war so in die Arbeit vertieft, dass sie Franzi und Fiona erst gar nicht kommen hörte.

»Mama!«, rief Fiona. »Das ist Franzi, meine neue Freundin.«

Frau Röhn legte die Mistgabel für einen kurzen Moment zur Seite und wischte sich den Schweiß von der Stirn. »Hallo, Franzi! Ich geb dir lieber nicht die Hand, sonst wirst du bloß schmutzig.« Sie hatte ein nettes Lächeln, sah aber ziemlich müde aus. »Entschuldige, ich muss leider weitermachen.« Und schon griff sie wieder nach der Mistgabel.

»Kein Problem«, sagte Franzi, während sie den Kopf reckte und ungeduldig nach den Ponys Ausschau hielt. Und da waren sie endlich! Nebeneinander standen sie in ihren geräumigen Boxen und streckten den Besuchern die Köpfe entgegen: drei Braune, zwei Füchse, drei Schimmel und zwei Schecken. Einer der Füchse scharrte nervös mit den Hufen auf dem Boden.

»Lass mich raten«, sagte Franzi. »Das ist dein Domino.«

»Stimmt«, antwortete Fiona und redete beruhigend auf ihr Pony ein. »Ist ja gut! Alles in Ordnung. Das ist nur eine neue Freundin von mir. Franzi ist total lieb, glaub mir.«

Domino legte die Ohren an. Franzi blieb lieber auf Abstand. Der Fuchs musste sich erst an sie gewöhnen.

Fiona ging weiter und zeigte ihr der Reihe nach alle Ponys. Im Gegensatz zu Domino waren sie richtig brav, fast ungewöhnlich ruhig, dachte Franzi und wollte Fiona schon darauf ansprechen, tat es dann aber doch nicht, weil sie in der letzten Box einen wunderschönen Schimmel entdeckte: Er war ziemlich klein, hatte eine zerzauste Mähne und samtweiche Augen.
»Und wie heißt du?«, fragte Franzi und streckte dem Schimmel vorsichtig ihre Hand hin.
»Das ist Coco«, sagte Fiona. »Die ist total lieb, fast so lieb wie deine Tinka.«
Coco schnupperte an Franzis Hand und leckte sie mit ihrer rauen Zunge ab.
Franzi lachte. »Ich hab heute zwar schon geduscht, aber die Hände kann man nicht oft genug waschen, da hast du recht.«
Sie kraulte Cocos zerzauste Mähne und die Schimmelstute ließ es ruhig geschehen.
»Los, lass uns ausreiten!«, sagte Fiona unternehmungslustig.
»Ich nehme Domino und du kannst gern auf Coco reiten. Ihr seid ja schon richtig gute Freunde geworden.«
»Danke«, sagte Franzi.
Die nächsten drei Stunden vergingen wie im Flug. Franzi und Fiona führten ihre Ponys zum Putzplatz, striegelten, sattelten und zäumten sie auf. Danach ging es quer über die Felder und Wiesen mitten hinein in die frische Frühlingsluft und die Sonne. Coco war wunderbar. Sie schien immer schon vorher zu wissen, was Franzi wollte, noch bevor sie die Hilfen gab. Fiona und Franzi trabten und galoppierten ausgelassen, bis sie

schließlich doch müde wurden und zum Ponyhof zurückkehrten.
Als sie die Ponys trocken gerieben hatten und gerade wieder in den Stall bringen wollten, kehrte Stefan mit seinem Opel zurück.
Fiona strahlte ihn an. »Kommst du noch mit ins Reiterstübchen?«
Stefan schüttelte den Kopf. »Ein andermal. Wir müssen los. Ich muss noch in der Stadt was einkaufen.«
Franzi seufzte. Warum musste der Ponyhof bloß so weit draußen liegen? Es war echt doof, von Stefan abhängig zu sein. Aber es half alles nichts. Sie musste schnell zum Reiterstübchen laufen und Marie holen, und dann musste sie sich von Fiona verabschieden.
Die war auch ziemlich traurig. »Du musst eben ganz bald wiederkommen!«
»Mach ich!«, sagte Franzi und stieg ein. Sie kurbelte das Fenster herunter und winkte Fiona noch lange nach, bis sie nur noch als kleiner Punkt am Horizont zu sehen war.
»Kannst du das Fenster auch mal wieder zumachen?«, fragte Marie sichtlich genervt. »Ich hab keine Lust, eine Erkältung zu kriegen.«
Franzi streckte ihr die Zunge raus und kurbelte das Fenster hoch. Marie hatte es geschafft, ihr mit zwei Sätzen die Laune zu verderben.
Die Rückfahrt war mindestens so anstrengend wie die Hinfahrt. Marie quasselte wieder ununterbrochen und flirtete

hemmungslos mit Stefan. Der schien es zu genießen und machte auch noch mit. Franzi war heilfroh, als er endlich in zweiter Reihe vor Maries Haus parkte und sie schnell rausspringen musste, um den Verkehr nicht zu behindern.

»Bis bald am Pool!«, rief sie Stefan zum Abschied zu.

»Ja, bis bald«, sagte er und drückte zweimal auf die Hupe, bevor er losfuhr.

Franzi stöhnte. »Marie ist echt unmöglich. Manchmal frage ich mich wirklich, warum ich mit ihr befreundet bin.« Stefan zwinkerte ihr im Rückspiegel zu. »Wieso denn? Ich finde sie sehr nett.«

Zwei Stunden später war Franzis Laune endgültig im Keller. Sie hatte Stefan bei einem Shoppingmarathon begleiten müssen, weil er sich entschlossen hatte, ausgerechnet heute tausend verschiedene Dinge, vor allem Schreibwaren und Software, für sein BWL-Studium einzukaufen.

Als sie endlich zu Hause ankamen, war es bereits dunkel. Franzi sprang aus dem Wagen und lief hinüber zum Haus. Jetzt brauchte sie dringend einen großen Salat zum Abendessen und hinterher eine Tasse heiße Schokolade!

Freundinnen in der Not

Etwas später als sonst ging Franzi am nächsten Tag nach der Schule zur Koppel, um ihr Pony mit Apfel- und Karottenstücken zu überraschen. »Tinka, hallo, Tinka!«
Als Franzi beim Gatter angelangt war, stützte sie sich auf den Zaun und sah sich suchend um. Komisch, dachte sie, sonst kommt Tinka immer sofort her. Wo steckt sie denn heute bloß?
»Tinka!«, rief Franzi lauter. »Kleine, komm zu mir!«
Aber Tinka kam nicht, denn die Koppel war leer. Franzi wurde blass. Tinka war weg, spurlos verschwunden!
Eine halbe Stunde später tigerte Franzi in der Wohnküche auf und ab und murmelte verzweifelt vor sich hin. Sie hatte überall nach Tinka gesucht. Sogar hinten bei der Garage hatte sie nachgesehen. Aber das Pony blieb verschwunden. Franzi konnte sich nicht vorstellen, dass Tinka ausgebüxt war. Das hatte sie noch nie gemacht.
Ausgerechnet jetzt war keiner von ihrer Familie zu Hause! Chrissie aß bei einer Schulfreundin, Stefan in der Mensa, und

ihre Mutter hatte einen Zahnarzttermin. Und ihr Vater war in den nächsten Ort zu einer kalbenden Kuh gefahren, wie sie einem Zettel am Spiegel entnommen hatte. Was sollte sie bloß tun? Sie konnte doch jetzt nicht in aller Ruhe den Gemüseeintopf aufwärmen und essen, den ihre Mutter vorbereitet hatte. Nein. Franzi hatte keinen Hunger. Sie hatte Angst um Tinka! Als sie schon halb verrückt vor Sorge war, fiel ihr endlich die rettende Lösung ein: Marie und Kim! Sie musste die beiden einschalten. Vielleicht war die verschwundene Tinka (noch!) kein Fall für den Detektivclub, aber es war mit Sicherheit ein Notfall.

Ihre Freundinnen versprachen, sofort vorbeizukommen. Marie ließ sogar extra ihren Theaterworkshop sausen und Kim log ihre Mutter an, die sie eigentlich die Englischvokabeln hatte abhören wollen. Und das, obwohl Kim es hasste zu lügen! Franzi war richtig gerührt und hatte plötzlich ein schlechtes Gewissen, dass sie so grob zu Kim gewesen war. Eine Stunde später saßen sie im Hauptquartier, das wirklich ziemlich chaotisch aussah, und besprachen die Lage, bevor sie starteten. Kim räumte zwar mit gerunzelter Stirn den Wust an Papieren und Büchern, der auf dem Tisch lag, beiseite, aber sie machte Franzi zum Glück keine Vorwürfe. Schnell breitete Franzi die Umgebungskarte aus, die sie in der Wohnküche gefunden hatte.

»Wir müssen systematisch vorgehen«, sagte Kim, während sie sich über die Karte beugte. »Am besten suchen wir kreisförmig, erst rings um die Koppel herum und dann weiten wir den Radius nach außen aus.«

Marie nickte. »Gute Idee. Gibt es irgendeinen Ort, den Tinka besonders liebt?«
Franzi kratzte sich an der Nase. »Hmm ... sie mag eigentlich viele Orte. Halt, stimmt! Unseren Obstgarten liebt sie besonders, vor allem, wenn die Äpfel reif sind.«
Jetzt im Frühjahr war es zwar noch nicht so weit, aber vielleicht hatte Tinka ja trotzdem einen Abstecher dorthin gemacht.
Die drei !!! überlegten nicht lange. Schnell rafften sie ihre Sachen zusammen und liefen los. Der Obstgarten von Franzis Eltern war nicht besonders groß und ziemlich übersichtlich. Innerhalb kürzester Zeit hatten sie ihn abgegrast – leider ohne Erfolg. Franzi wurde immer mulmiger zumute. Hoffentlich war Tinka nichts Schlimmes passiert!
»Keine Angst!«, sagte Kim. »Wir finden sie schon noch.«
Franzi riss sich zusammen und nickte. Dann machte sie entschlossen weiter. Sie überprüften noch mal, ob das Gatter wirklich geschlossen und der Koppelzaun auch an allen Stellen dicht war. Nachdem sie das sichergestellt hatten, suchten sie zwei Stunden lang nach Kims System die engere und weitere Gegend rund um die Koppel ab. Sie schwärmten in alle Himmelsrichtungen aus und ließen kein Fleckchen aus, keinen Strauch und kein noch so kleines Versteck. Vergeblich. Tinka war und blieb verschwunden.
Erschöpft kehrten sie schließlich zum Hauptquartier zurück, um eine Pause einzulegen und sich mit Keksen und Cola zu stärken.
»So kommen wir nicht weiter«, sagte Franzi. »Ich glaube immer weniger, dass Tinka ausgebüxt ist.«

Marie schluckte. »Du meinst ... jemand hat Tinka entführt?«
Franzi hob hilflos die Schultern. »Ja, vielleicht. Tinka würde von alleine nie so weit weglaufen und so lange fortbleiben. Sie liebt ihre Koppel und sie braucht die vertraute Umgebung.«
Kim stopfte sich gedankenverloren drei Schokoladenkekse hintereinander in den Mund und nuschelte: »Aber wer könnte Tinka denn entführt haben? Hast du irgendeinen Verdacht, Franzi?«
»Nein«, sagte Franzi. Beim besten Willen fiel ihr niemand ein.
»Denk noch mal scharf nach!«, bat Marie. »Gibt es bei euch irgendwelche Feinde in der Nachbarschaft, die dazu fähig wären, eurer Familie oder dir persönlich einen Schreck einzujagen?«
Franzi schüttelte den Kopf. »Nein, wirklich nicht ...« Doch während sie es noch abstritt, fiel ihr plötzlich ein, wie sie neulich ausgeritten war und einer der Bauern, die im Süden wohnten, sich beschwert hatte, weil sie eine Abkürzung über sein Feld genommen hatte. Und als sie länger darüber nachdachte, fiel ihr noch etwas ein: Derselbe Bauer, Herr Schärding, hatte sich schon einmal beschwert, vor ein paar Monaten.
Als sie es ihren Freundinnen erzählte, leuchteten Maries Augen auf. »Also doch! Da haben wir ja unsere heiße Spur. Wir sollten diesem Bauern gleich heute noch einen Besuch abstatten.«
»Meint ihr wirklich?«, fragte Franzi. »Das ist doch peinlich, wenn sich herausstellt, dass er es gar nicht war.«
»Na und?«, sagte Kim. »Ich dachte, du willst Tinka wiederfinden?«

Franzi nickte. »Stimmt. Wir sollten jede Spur verfolgen, das machen wir bei unseren Detektivfällen schließlich auch.« Marie grinste. »Ganz genau. Und wenn mich das Kribbeln in meinem Bauch nicht täuscht, haben wir bereits einen neuen Fall! Also los, worauf warten wir noch?«

»Stopp!«, rief Kim plötzlich.

Franzi und Marie, die schon aufgestanden waren, sahen sie verwundert an.

»Wir haben was Wichtiges vergessen«, sagte Kim, »unseren Powerspruch!«

»Stimmt«, sagte Franzi. Den Powerspruch konnte sie jetzt gut brauchen.

Immer wenn die drei !!! einen neuen Fall hatten oder gerade besonders viel Energie für ihre Ermittlungen brauchten, sagten sie den Powerspruch auf. Auch jetzt stellten sie sich feierlich im Kreis auf, streckten die Arme aus und legten die Hände übereinander. Dann riefen sie im Chor: »Die drei !!!«. Kim sagte: »Eins«, Franzi: »Zwei!« und Marie: »Drei!«. Am Schluss hoben sie gleichzeitig die Hände in die Luft und riefen laut: »Power!!!«

Aufregung auf dem Bauernhof

Es dämmerte bereits, als die drei !!! mit ihren Rädern in den schmalen Feldweg einbogen, der zum Bauernhof der Familie Schärding führte. Ein paar Hühner liefen ihnen gackernd entgegen, eine Rabenkrähe krächzte über ihren Köpfen, aber ansonsten war niemand zu sehen.
»Ich glaube, die Luft ist rein«, flüsterte Franzi.
»Bis auf den Gestank nach Mist«, flüsterte Marie zurück und hielt sich die Nase zu.
Kim hätte beinahe losgekichert, aber sie konnte es sich gerade noch verkneifen. Franzi verdrehte nur genervt die Augen. Dann zeigte sie auf einen Busch am Wegrand. Die Detektivinnen versteckten ihre Fahrräder hinter dem Busch, dann pirschten sie sich an den Hof heran. Hinter dem Misthaufen gingen sie in Deckung und checkten die Lage. Der Hof war nicht besonders groß: Neben dem gelb gestrichenen Haupthaus in der Mitte gab es noch drei niedrigere Nebengebäude, vermutlich Ställe, und dahinter einen Gemüsegarten.
Plötzlich bellte ein Hund. Laut und heftig polterte er nur ein

paar Meter vor ihnen los. Instinktiv duckten sich die drei !!! noch tiefer hinter den Misthaufen. Kim zuckte zusammen und hoffte inständig, dass der Hund an der Kette lag und nicht frei herumlief. Die Vorstellung, gleich von einem wilden Köter angegriffen zu werden, fand sie nicht gerade lustig. Marie hatte auch Angst und griff panisch nach Kims Hand. Nur Franzi blieb cool. Bei ihrem Vater in der Praxis hatte sie schon weitaus gefährlichere Hunde gesehen.

»Hasso! Aus, sei still!«, rief eine verärgerte Frauenstimme aus dem Haupthaus.

Sofort verstummte der Hund, aber Kim und Marie war immer noch mulmig zumute. Wenn sie den Hof betreten würden, würde der Hund garantiert sofort wieder losbellen und sich womöglich auf sie stürzen.

»Was jetzt?«, zischte Marie.

Franzi legte den Zeigefinger auf den Mund. »Psst! Lasst mich nur machen.« Sie griff in ihre Jackentasche und holte die Minisalami heraus, die sie noch vom Pausenfrühstück übrig hatte. Langsam richtete sie sich auf und hob die Hand. Ein gezielter Wurf – und die Salami landete genau vor Hassos Nase. Der Hund stutzte kurz, dann schnappte er sich die Wurst und begann, sie zu fressen. Dabei klirrte die Kette, mit der er an seiner Hütte angeleint war.

»Brav, Hasso«, sagte Franzi leise. »Ja, das schmeckt gut.« Hasso, ein großer Berner Sennenhund, spitzte die Ohren und sah hinüber zu Franzi, kaute jedoch gleich genüsslich weiter und ließ sich nicht stören.

Franzi winkte ihren Freundinnen. »Los, kommt schon! Er tut uns nichts. Außerdem ist er angekettet.«
Nur zögernd wagten sich Kim und Marie hinter dem Misthaufen hervor. Die Angst stand ihnen immer noch auf der Stirn geschrieben, aber sie rissen sich zusammen und liefen mutig hinter Franzi her. Als sie an Hasso vorbeikamen, hörte der Hund kurz auf zu kauen und starrte sie verwundert an, aber er bellte nicht. Kims Knie fingen trotzdem an zu zittern und hörten erst wieder auf, als sie Hasso endlich weit hinter sich gelassen hatten.
Geduckt schlichen sie sich am Haupthaus vorbei und blieben vor einem der Nebengebäude stehen, aus dem ein starker Geruch nach Mist drang.
Marie ließ Franzi lieber den Vortritt. Die öffnete leise die Tür und schlüpfte vorsichtig in den Stall hinein. Kim und Marie folgten ihr. Im Stall war es dunkel. Sie brauchten eine Weile, bis sich ihre Augen allmählich an das dämmrige Licht gewöhnt hatten.
»Muh!«, machte plötzlich jemand neben Kim.
Wieder zuckte Kim zusammen, aber diesmal erschrak sie nicht ganz so heftig. Eine Kuh war eindeutig harmloser als ein bissiger Hund. Der Stall war voll von Kühen. Kopf an Kopf standen sie in der Stallgasse und fraßen gemächlich das Futter, das vor ihnen in der Rinne aufgehäuft war.
»Tinka?«, rief Franzi leise.
»Muh!!«, kam als mehrstimmige Antwort zurück. Kein Wiehern, kein Schnauben. Trotzdem liefen die Detektivinnen

einmal die Stallgasse auf und ab, um ganz sicherzugehen. Doch Tinka war nicht da. Franzi seufzte enttäuscht.
»Lasst uns weitersuchen«, sagte Kim. »Zwei Ställe haben wir ja noch.«
Diesmal ging Marie freiwillig voraus. Sie wollte den stinkenden Kuhstall so schnell wie möglich wieder verlassen. Vorsichtig streckte sie den Kopf durch die Tür und sah sich um. Der Hof lag verlassen da und Hasso schnarchte laut nach der ungewohnten Extramahlzeit.
Marie winkte Kim und Franzi und zischte ihnen leise zu: »Los!«
Sie huschten am Wohnhaus vorbei zum nächsten Gebäude. Diesmal war der Geruch stechend. Franzi erinnerte sich, dass es im Hühnerstall ihrer Großtante früher auch so gerochen hatte. Ihre Erinnerung trog sie nicht. Es war tatsächlich der Hühnerstall, doch die Hühner liefen alle draußen im Freien herum.
»Tinka!«, rief Franzi wieder leise. Stille.
Suchend gingen sie im Stall hin und her und riefen abwechselnd nach Tinka. Keine Antwort. Der Stall war leer.
Franzis Herz zog sich zusammen. »Wir werden sie nie mehr finden ...«, flüsterte sie.
Kim legte ihr tröstend den Arm um die Schulter. »Doch, natürlich finden wir sie. Wir geben nicht auf. Das verspreche ich dir!«
»Irgendwo auf diesem stinkigen Bauernhof muss sie ja sein«, sagte Marie.

»Was hast du gesagt?«, rief plötzlich eine empörte Männerstimme hinter ihnen. »Habe ich da eben ›stinkiger Bauernhof‹ gehört?«
Die drei !!! fuhren erschrocken herum. Vor ihnen baute sich ein dicker Mann im blauen Arbeitskittel auf und schwenkte drohend eine Mistgabel. Franzi erkannte ihn sofort: Es war Herr Schärding höchstpersönlich. Warum hatten sie ihn nicht kommen hören? Er musste sich regelrecht angeschlichen haben.
»Ich … äh …«, stammelte Marie. »Einen sch…schönen Bauernhof haben Sie!«
Herr Schärding ging nicht darauf ein. »Was habt ihr hier zu suchen?«, brüllte er.
Marie setzte ein entschuldigendes Lächeln auf. »Wir wollten uns nur mal ein bisschen umsehen, für die Schule … Wir nehmen gerade ökologische Landwirtschaft durch und …«
»Blödsinn!«, fiel ihr der Bauer ins Wort. »Was wollt ihr wirklich hier? Los, rückt schon raus mit der Wahrheit! Und wenn ihr mich noch einmal anlügt, könnt ihr was erleben!« Während er sprach, rückte er ihnen mit seiner Mistgabel immer mehr auf die Pelle.
Die drei !!! wichen zurück, bis sie die Stallwand im Rücken spürten und nicht mehr weiter ausweichen konnten. Entsetzt starrten sie den Bauern an, der zu allem fähig schien.
Herrn Schärdings Gesicht wurde immer röter. Er beugte sich dicht zu ihnen vor und brüllte ihnen ins Ohr: »Na, wird's bald?«

Detektivtagebuch von Kim Jülich

Donnerstag, 20:37 Uhr

Das war der Schock meines Lebens. Es ist ein glattes Wunder, dass ich heute keinen Herzinfarkt bekommen habe. Als dieser schreckliche Bauer uns mit seiner Mistgabel bedroht hat, dachte ich wirklich, er macht uns fertig. Im letzten Moment hat er sich dann doch noch beruhigt, weil Marie mit Engelszungen auf ihn eingeredet hat. Ihr hat es zum Glück nicht die Sprache verschlagen, im Gegensatz zu Franzi und mir.

Als Herr Schärding endlich seine Mistgabel weggelegt hatte, konnte man einigermaßen normal mit ihm reden. Wir haben ihm die Wahrheit gesagt, dass wir Tinka suchen und schon die ganze Gegend durchkämmt haben und jetzt auch bei ihm auf dem Bauernhof suchen wollten ... Erst ist er noch mal kurz ausgerastet und hat sich beschwert, wie wir dazu kämen, ihn zu verdächtigen. Als wir ihm versichert haben, dass wir als Detektivinnen grundsätzlich jeder Spur nachgehen müssten, hat er es widerwillig akzeptiert. Und dann hat er beteuert, dass er weder ein Pony noch ein Pferd bei sich versteckt halten würde. Das würde er allein schon aus dem Grund nicht tun, weil seine Frau nämlich allergisch gegen Pferdehaare sei. Und wenn wir wollten, könnten wir sie selber fragen.

Das haben wir auch getan, weil sie nämlich in dem Moment zur Stalltür reinkam. Sie musste gar nicht antworten, sie hat die Aussage ihres Mannes auf andere Weise bestätigt: indem sie anfing, fürchterlich zu niesen, und fragte: »Hat hier jemand Pferdehaare mit reingebracht?« Franzi ist knallrot geworden und hat an ihrer Jacke herumgezupft, die sie tatsächlich gestern beim Reiten angehabt hatte. Mit tausend Entschuldigungen haben wir dann so schnell wie möglich den Abflug gemacht.

Was für eine Aufregung! Und wozu das Ganze? Für nichts und wieder nichts. Na ja, ganz stimmt das auch nicht. Zumindest können wir schon mal die Hauptverdächtigen ausschließen. Trotzdem wird Tinkas Verschwinden immer rätselhafter, je länger sie weg ist. Aber wir geben nicht auf!

Franzis Eltern helfen uns zum Glück und hängen überall in ihrer Gegend Zettel mit Tinkas Steckbrief und Foto aus. Sie spendieren sogar einen Finderlohn, was ich echt toll finde. Hoffentlich meldet sich bald jemand! Ein Zeuge würde uns auch schon weiterhelfen. Unser Verdacht wird nämlich von Stunde zu Stunde größer, dass Tinkas Entführer das Pony nicht freiwillig zurückbringen wird, auch nicht für einen Finderlohn.

Mögliche Täter und Tatmotive könnten sein:

1. Ein Ponyfan ist verrückt nach Tinka und wollte sie unbedingt haben.
2. Jemand vom Zirkus, der gerade hier gastiert, hat das Pony geklaut, um es in der Vorstellung einzusetzen (baldmöglichst nachprüfen!).
3. Tinka wurde ins Ausland gebracht, um sie dort für einen hohen Preis zu verkaufen.
4. Das schlimmste Motiv: Eine organisierte Verbrecherbande hat Tinka zu Tierversuchszwecken entführt.

Ich bete, dass der vierte Punkt nicht wahr ist! Franzi tut mir so leid. Sie ist fix und fertig und macht sich Vorwürfe, weil sie gestern später als sonst nach Tinka gesehen hat. Aber selbst wenn sie früher da gewesen wäre, wäre Tinka vielleicht trotzdem schon verschwunden gewesen. Keiner weiß es!

Jetzt brauchen wir uns nicht mehr zu beschweren, dass wir uns langweilen und keine Arbeit hätten: Die drei !!! haben einen neuen Fall!

Geheimes Tagebuch von Kim Jülich
Donnerstag, 21:15 Uhr

Stopp!!! Nicht weiterlesen! Ich meine es ernst. Ihr wisst ja, Ben und Lukas, meine lieben Zwillingsbrüder, was passiert, wenn ihr mein Verbot übertretet. Dann kann ich sehr, sehr unangenehm werden!

Manchmal ist es schon komisch mit Freundschaften! Eigentlich war ich heute Mittag noch supersauer auf Franzi, weil sie den Termin abgesagt hat und lieber mit Fiona reiten gehen wollte, als aufzuräumen. Aber als sie mich dann anrief und so aufgelöst war wegen Tinka, konnte ich ihr einfach nicht mehr böse sein. Trotzdem finde ich, sie hätte sich entschuldigen können. Hat sie aber nicht! Na ja, vielleicht holt sie es irgendwann nach, wenn es ihr besser geht. Fiona hat sie zumindest nicht gleich angerufen, als Tinka verschwunden war, sondern erst viel später! Das bedeutet, dass Marie und ich nach wie vor ihre besten Freundinnen sind. Das wäre auch noch schöner, wenn sie uns einfach stehen lassen würde, nur weil so eine Pferdetussi plötzlich hereinschneit!

Es gibt noch einen zweiten Grund, warum ich Franzi verziehen habe: Mit Michi läuft es super, ich liebe ihn von Tag zu Tag mehr. Eines Tages werde ich noch vor lauter Glück platzen! Er macht mir zwar nicht ständig Komplimente wie Benni bei Franzi, aber ein zärtlicher Blick aus seinen blaugrünen Augen genügt, dass ich dahinschmelze. Und wenn er mich küsst, explodiert in meinem Herzen ein Feuerwerk. Unsere Liebe wird ewig dauern, das spüre ich tief in meinem Innern. Kim & Michi forever!

Das würde ich gern in einen Baum schnitzen. Am besten in den Lindenbaum in Franzis Garten. Der Lindenbaum ist nämlich der Baum der Liebenden. Und wenn sie einverstanden ist, werde ich mit Michi in einer Vollmondnacht zu ihr rausfahren und die Worte gemeinsam mit ihm in den Baum schnitzen. Hach! Das wird der romantischste Augenblick meines Lebens werden!

Eine rätselhafte Anzeige

Franzi machte die halbe Nacht kein Auge zu. Dauernd musste sie an Tinka denken. Die Frühlingsnächte waren noch kühl. Hoffentlich fror sie nicht und hoffentlich war sie nicht verletzt oder krank! Wer auch immer Tinka entführt hatte, wenn sie denjenigen erwischte, würde sie ihm nie verzeihen, was er getan hatte. Niemals!

Erst in den frühen Morgenstunden döste Franzi ein, aber ihr Schlaf war unruhig und sie träumte lauter wirres Zeug. Gerade als sich im Traum Tinka in den Hofhund von Bauer Schärding verwandelte und sich mit gefletschten Zähnen auf sie stürzte, wobei an seinem Hals eine schrill klingelnde Glocke hin und her pendelte, klingelte es neben ihr auf dem Nachttisch. Schweißgebadet fuhr sie im Bett hoch und brauchte ein paar Sekunden, bis sie begriff, dass das Klingeln, das sie in ihren Traum eingebaut hatte, in Wirklichkeit von ihrem Handy kam.

Mit zitternder Stimme meldete sie sich: »Ja, hier Franzi Winkler?«

»Guten Morgen, Tigerchen!«, sagte Benni zärtlich. »Hast du gut geschlafen?«

»Überhaupt nicht!«, antwortete Franzi. Dann fiel ihr siedend heiß ein, dass sie Benni seit zwei Tagen nicht angerufen hatte. Vor lauter Aufregung hatte sie es komplett vergessen. Aber was noch schlimmer war: Sie hatte gestern und vorgestern überhaupt nicht an ihn gedacht! Das war ihr noch nie passiert, seit sie zusammen waren.

Bennis Stimme klang plötzlich unsicher. »Ich hab mich schon gewundert, weil du dich nicht gemeldet hast. Hab ich wieder irgendwas falsch gemacht?«

Vor einer Weile hatte Franzi sich mal beschwert, dass Benni sie zu sehr mit Geschenken und Komplimenten überhäufen würde, aber seit sie es angesprochen hatte, hatte er sich schwer gebessert.

»Nein, du hast nichts falsch gemacht«, sagte sie und ließ sich stöhnend in die Kissen zurückfallen.

Jetzt klang Benni nicht mehr unsicher, sondern richtig besorgt. »Ist irgendwas Schlimmes passiert?«

»Ja!«, sagte Franzi und merkte, wie wieder die Angst in ihr hochstieg. »Tinka ist verschwunden, höchstwahrscheinlich hat jemand sie entführt.«

»Oh nein!«, rief Benni. »Meinst du wirklich? Kann sie nicht einfach ausgebüxt sein? Das machen Pferde doch ab und zu, oder?«

Benni war lieb, aber er kannte sich wirklich überhaupt nicht mit Pferden aus und im Augenblick hatte Franzi auch keine Nerven für lange Erklärungen.

»Nein«, sagte sie deshalb kurz angebunden. »Ich bin mir ziemlich sicher, dass sie entführt wurde.«
Benni seufzte so zerknirscht, als ob es sich um sein eigenes Pony handeln würde. »Das tut mir total leid, Franzi! Kann ich dir irgendwie helfen? Soll ich heute Nachmittag zu dir rauskommen und mit dir nach Tinka und ihrem Entführer suchen?«
»Nein«, sagte Franzi bestimmt. »Kim und Marie helfen mir schon. Das ist schließlich nicht unser erster Fall.«
Benni schwieg ein paar Sekunden. »Ich weiß …«, murmelte er. »Das musst du mir nicht extra erklären.« Offensichtlich war er eingeschnappt.
Das hatte Franzi gerade noch gefehlt. »Hör mal«, sagte sie. »Ich muss jetzt Schluss machen. Ich melde mich wieder, okay?«
»Okay«, sagte Benni leise.
Normalerweise verabschiedeten sie sich am Telefon immer mit Küsschen, aber heute hatte Franzi weder Lust noch Zeit dazu. Schnell legte sie mit einem kurzen »Ciao!« auf. Es war auch höchste Zeit. Wenn sie noch frühstücken wollte, musste sie sich beeilen, um nicht zu spät zur Schule zu kommen. Als sie nach einer Katzenwäsche die Treppe runterlief und in die Küche kam, saßen ihre Eltern, Stefan und Chrissie bereits beim Frühstück. Franzi schnappte sich einen grünen Apfel aus der Obstschale und biss hastig hinein.
»Es gibt auch Brot«, sagte Frau Winkler vorwurfsvoll. Chrissie, die lustlos in ihrem Leinsamen-Müsli herumstocherte, stöhnte. »Das ist echt ungerecht! Ich quäle mich hier ab und du isst freiwillig wie ein Spatz.«

»Keiner zwingt dich, diese blöde Diät zu machen!«, sagte Franzi genervt. »Das hat doch eh keinen Sinn.«
Chrissie ließ den Löffel in die Milch fallen. »Was willst du damit sagen? Dass ich sowieso zu fett bin, oder was?«
Franzi tippte sich an die Stirn. Chrissie war weder zu dick noch zu dünn, nur ihr Gehirnvolumen war eindeutig zu klein. »Denk doch, was du willst!«, gab sie wütend zurück.
»Ruhig, ruhig!«, mischte sich Herr Winkler ein. »Keinen Streit beim Frühstück, ja? Das ertrage ich nicht.«
»Ich auch nicht«, sagte Stefan, der sich hinter dem Wirtschaftsteil der Zeitung vergraben hatte. »Ich will in Ruhe lesen.«
Franzi biss sich auf die Lippen. Na toll! Ihre Familie war mal wieder superegoistisch. Keiner fragte, wie es ihr ging und wie es mit Tinka weitergehen sollte.
In dem Moment sagte ihre Mutter: »Hoffentlich meldet sich bald jemand auf unseren Steckbrief! Langsam mache ich mir wirklich Sorgen wegen Tinka. Vor dem Frühstück war ich kurz draußen auf der Koppel, aber sie war immer noch nicht da.«
Herr Winkler nickte. »Vielleicht sollten wir zusätzlich die Polizei einschalten. Am besten rufe ich Kommissar Peters gleich mal an.«
»Gute Idee!«, sagte seine Frau sofort.
Franzi wurde blass. Kommissar Peters hatte den drei !!! zwar schon oft geholfen, aber er hatte leider auch die schlechte Angewohnheit, ihnen »gefährliche« Detektivaktionen zu verbieten. Wenn ihre Eltern ihn jetzt anriefen und um Hilfe baten, würde er den drei !!! womöglich den Fall entziehen.

»Ich finde, wir sollten noch warten«, sagte sie deshalb. Ihre Eltern sahen sie verwundert an.
»Wieso das denn?«, fragte Frau Winkler irritiert. »Ich dachte, dir liegt alles daran, Tinka so schnell wie möglich wiederzufinden?«
»Natürlich«, versicherte sie. »Aber Kommissar Peters hat gerade so viel zu tun, er kann sich nicht auch noch um Tinkas Verschwinden kümmern. Wir sollten ihn wirklich erst dann einschalten, wenn alle anderen Versuche gescheitert sind.«
Frau Winkler zögerte. »Hmm ... Ja, vielleicht hast du recht. Der Kommissar ist ein viel beschäftigter Mann.«
Da zwinkerte Herr Winkler Franzi verschwörerisch zu. »Fast so beschäftigt wie ein gewisser Detektivclub, oder?«
Franzi wurde rot und lenkte schnell vom Thema ab: »Mama, reichst du mir bitte den Brotkorb rüber?«
»Gern, mein Schatz«, sagte Frau Winkler. »Schön, dass du doch noch Hunger hast!«
Als Franzi endlich von zu Hause loskam, war es eigentlich schon viel zu spät. Sie fing an zu rennen, aber prompt standen heute alle Ampeln auf Rot. Beim letzten Läuten der Schulglocke kam sie keuchend vor dem Schultor an.
»Da bist du ja endlich!«, begrüßte Fiona sie. Sie stand wartend vor dem Tor und trat ungeduldig von einem Fuß auf den anderen. »Ich muss mit dir reden.«
»Jetzt nicht!«, rief Franzi. »Wir kommen zu spät. Meine Klassenlehrerin wird total sauer ...«
»Egal«, unterbrach Fiona sie und packte sie am Arm. »Ich

muss dringend mit dir reden, nur ganz kurz. Tinka ist immer noch nicht aufgetaucht, oder?«

Franzi schüttelte traurig den Kopf. »Nein, leider nicht ...«

»Vielleicht kann ich dir helfen!«, sagte Fiona.

Franzi hob verwundert die Augenbrauen. »Du?« Fiona müsste schon zaubern können, um Tinka wieder zurückzubringen.

»Ja«, sagte Fiona. »Ich habe etwas entdeckt, eine heiße Spur sozusagen. Mehr kann ich dir jetzt noch nicht verraten. Hast du heute Nachmittag Zeit? Ich würde mich gern mit dir, Marie und Kim treffen. Ich glaube, die Sache könnte für euch alle drei spannend sein. Ihr seid doch ein Detektivclub, nicht wahr?«

Franzi nickte. Langsam wurde sie echt neugierig. »Okay«, sagte sie. »Ich trommele Kim und Marie zusammen. Heute um drei im *Café Lomo*?«

»Geht klar«, sagte Fiona.

Franzi drückte ihr schnell noch die Visitenkarte der drei !!! in die Hand. »Falls dir was dazwischenkommt. Da stehen alle unsere Nummern drauf.«

Fiona sah sich die Karte an und pfiff bewundernd durch die Zähne. »Wow, die ist ja superprofessionell!«

Dann steckte sie die Visitenkarte ein und grinste. »Mir kommt bestimmt nichts dazwischen. Und jetzt sollten wir wirklich rennen, sonst brummen uns unsere Lehrer doch noch eine Strafarbeit auf.«

»Was hast du dir eigentlich dabei gedacht, Fiona hierher einzuladen?«, sagte Kim vorwurfsvoll. »Willst du etwa unseren Detektivclub ausbauen?«

Marie warf empört ihre langen blonden Haare zurück. »Entschuldige mal, aber da hätten wir auch noch ein Wörtchen mitzureden!«

Franzi hatte Kim und Marie extra eine Viertelstunde früher ins *Café Lomo* bestellt, weil sie schon damit gerechnet hatte, dass ihre Freundinnen ein bisschen verschnupft sein würden. Deshalb wollte sie ihnen alles in Ruhe erklären. Aber dass sich die beiden dermaßen aufregen würden, damit hatte sie nicht gerechnet.

»Jetzt kommt wieder runter!«, sagte sie. »Ich will unseren Club nicht ausbauen und ihr seid nach wie vor meine besten Freundinnen.«

Kim kräuselte die Lippen. Sie hatte den Schokomuffin vor ihr auf dem Tisch noch keines Blickes gewürdigt, also war sie wirklich schlecht drauf. »Spar dir das Gesülze. Was willst du von dieser Fiona?«

»Ich will gar nichts von ihr«, sagte Franzi. »Wir sind einmal

zusammen ausgeritten, das ist alles. Und jetzt will sie uns helfen. Das ist doch echt nett von ihr.«
»Klar, wahnsinnig nett!«, sagte Marie. »Ich wette, sie hat bloß nach einer Gelegenheit gesucht, um doch noch das Autogramm von Nick abzustauben.«
Kim nickte. »Wahrscheinlich hat sie gar keinen Hinweis für uns und will sich bloß wichtigmachen.«
Franzi stöhnte. »Jetzt wartet doch einfach mal ab, was sie uns zu erzählen hat!«
Kim und Marie tauschten einen langen Blick und schienen beide den ersten Preis für die beste beleidigte Leberwurst gewinnen zu wollen. Gerade als Franzi zu einem neuen Beschwichtigungsversuch ansetzte, kam Fiona auf die drei !!! zu und rutschte neben Franzi aufs Sofa. »Hallo! Danke, dass ihr extra gekommen seid.«
»Bitte!«, sagte Marie von oben herab und Kims sonst so höfliches Lächeln fiel reichlich sparsam aus.
Fiona grinste verlegen. »Ich will euch wirklich nicht lange aufhalten, aber ich habe da heute zufällig etwas Merkwürdiges entdeckt ...« Sie kramte in ihrer Tasche und holte die Lokalzeitung heraus. Ihre Finger zitterten, als sie die Zeitung aufschlug, eine Doppelseite aus dem Anzeigenteil herausnahm und auf dem Couchtisch ausbreitete.
Plötzlich waren Kim und Marie doch neugierig und beugten sich über die Zeitung. Fiona hatte unter »Vermischtes« eine Anzeige mit dickem Rotstift umrandet.
»Was ist das?«, fragte Franzi.

»Soll ich vorlesen?«, fragte Fiona zurück. Kim, Marie und Franzi nickten.
Fiona sah sich erst nach allen Seiten um, ob auch keine unerwünschten Zuhörer in der Nähe waren. Dann holte sie tief Luft und las den Text der rot umrandeten Anzeige vor:

Tolle neue Ponys!
Das Glück der Erde liegt auf dem Rücken der Pferde.
Lassen Sie sich dieses Glück nicht länger entgehen.
Wir bieten Reitstunden für Jung und Alt, auch Vorbereitung auf Turniere!
Tolle neue Ponys für die Kleinen: Schimmel, Schecken, Braune und gerade frisch eingetroffen: ein süßer Rappe! Jetzt gleich die erste Reitstunde buchen.
Reiterhof Himmelkron

Fiona las noch die Kontaktadresse und Telefonnummer vor, die darunter standen, dann legte sie die Zeitung zurück auf den Tisch und sah die Detektivinnen erwartungsvoll an. »Was haltet ihr davon?«, fragte sie.
Marie pfiff durch die Zähne. »Das ist ja ein Ding!«
»... gerade frisch eingetroffen: ein süßer Rappe«, wiederholte Kim halblaut.
Franzi sprang vom Sofa hoch. »Tinka! Der Rappe könnte Tinka sein!«
»Vielleicht«, sagte Marie. »Du darfst dich nicht zu früh freuen, aber es stimmt, der Text klingt ziemlich verdächtig.«

»Wenn die wirklich mein Pony entführt haben …«, murmelte Franzi halblaut vor sich hin und ballte die Faust, »dann können die aber was erleben!« Sie sah so angriffslustig aus, dass Fiona kurz zusammenzuckte.

Kim versuchte, Franzi wieder zu beruhigen. »Langsam, langsam! Wir müssen jetzt einen klaren Kopf bewahren und der Sache so schnell wie möglich nachgehen.« Dann drehte sie sich zu Fiona um und diesmal war ihr Lächeln gleich viel freundlicher. »Danke! Du hast uns sehr geholfen. Und du hast die Anzeige wirklich zufällig gefunden?«

Fiona rutschte auf dem Sofa herum. »Na ja … nicht ganz zufällig. Meine Eltern haben auf derselben Seite auch eine Anzeige geschaltet. Seht ihr? Hier ist sie.«

Die Anzeige von Fionas Eltern war wesentlich kleiner als die andere. Nur in zwei knappen Zeilen wurde darauf hingewiesen, dass der *Ponyhof Hufeisen* den Besitzer gewechselt hatte und sich über alte und neue Besucher freuen würde.

»Wo liegt eigentlich dieser *Reiterhof Himmelkron*?«, wollte Marie wissen.

»Den kenne ich!«, rief Franzi. »Der ist ganz in der Nähe von eurem Hof, stimmt's?«

Fiona nickte. »Stimmt genau. Wir sind im Grunde fast Nachbarn. Zu Fuß braucht man nur eine Viertelstunde von einem Hof zum anderen.«

Marie spielte mit einer ihren blonden Haarsträhnen. Das machte sie immer, wenn sie nachdachte. »Hmm, das ist zu weit weg … Ohne Auto können wir das vergessen.« Plötzlich strahlte sie Franzi an. »Meinst du, Stefan ist noch mal so lieb und fährt uns hin?«

»Keine Ahnung, ich muss ihn erst fragen«. Franzi verkniff sich eine spöttische Bemerkung. Maries Begeisterung schien eindeutig mehr mit Stefan als mit Tinka zu tun zu haben.

»Mach das«, sagte Kim. »Ich kann es kaum erwarten ...« Franzi merkte, dass Fiona sehnsüchtig zwischen ihnen hin und her sah und kurz davor war zu fragen, ob sie auch mitkommen könnte. Wenn sie es tat, würden Kim und Marie bestimmt sofort wieder eifersüchtig werden, und das musste Franzi unbedingt verhindern.

»Ich weiß nicht«, sagte sie, »ob es so gut ist, wenn wir gleich alle drei anrücken. Das ist doch viel zu auffällig. Was haltet ihr davon, wenn ich inkognito hinfahre und eine Reitstunde buche?«

Maries Begeisterung verpuffte sofort. »Was? Du willst die Sache alleine durchziehen, ohne uns?«

Doch Kim war zum Glück auf Franzis Seite. »Die Idee ist gut«, sagte sie. »Franzi kann schon mal die Lage checken, und dann können wir später immer noch nachkommen, wenn sich unser Verdacht bestätigt.«

Marie ließ sich nur widerwillig umstimmen. »Schade! Ich wäre so gern mit Stefan ... äh ... mit dir mitgefahren.« Jetzt stutzte Kim. »Hab ich richtig gehört? Du stehst wieder auf Stefan?«

Marie wurde rot und räusperte sich: »Äh ... ich glaube, darüber sollten wir ein andermal reden, wenn wir ...« Sie streifte Fiona mit einem Seitenblick und verstummte.

»Ach so … klar«, sagte Fiona. »Ich bin schon weg. Ich hab auch nichts gesehen und gehört. Ich wollte euch nur den Tipp geben. Die Anzeige lasse ich euch da. Also dann. Ciao, bis bald. Und viel Glück!«

Kim seufzte erleichtert auf, als Fiona verschwunden war. »Hoffentlich hält sie wirklich dicht. Wir hätten vor ihr nicht über unsere nächsten Ermittlungen reden sollen.«

»Sie wird bestimmt nichts weitererzählen«, sagte Franzi. Obwohl sie Fiona noch nicht lange kannte, hätte sie sofort für sie die Hand ins Feuer gelegt. Ohne sie hätten sie jetzt nicht diese heiße Spur. »Da fällt mir noch ein: Während ich auf dem Reiterhof bin, könnt ihr ja beim Zirkus vorbeischauen, damit wir die Spur nicht aus den Augen verlieren.«

»Das wollte ich auch schon vorschlagen«, behauptete Marie, obwohl es nicht stimmte. Sie ärgerte sich ein bisschen, dass sie nicht selber darauf gekommen war.

»Gut, machen wir«, sagte Kim. »Und jetzt noch mal zu dir, Marie. Wie war das mit Stefan? Bist du etwa nicht mehr in Holger verliebt?«

Marie suchte mühsam nach Worten. »Doch … schon … äh … Klar bin ich noch in ihn verliebt. Aber er hat sich nur einmal kurz gemeldet, seit er in Manchester ist. Zwei ellenlange E-Mails hab ich ihm geschrieben, aber er stellt sich einfach tot.«

»Verstehe«, sagte Kim. »Und da hast du dir gedacht, dieser Stefan ist eigentlich immer noch sehr süß …«

Marie stürzte sich auf Kim und fing an, sie zu kitzeln. »Noch

ein Wort und ich klau dir deinen Muffin!«, drohte sie halb im Ernst, halb im Scherz.
»Hihi ... bloß nicht!«, protestierte Kim kichernd. »Ich sag ja schon nichts mehr.«

Heimlichkeiten im Stall

Schauspielern müsste man können, so wie Marie, dachte Franzi, als sie am nächsten Tag aus Stefans Auto stieg und sich auf dem *Reiterhof Himmelkron* umsah.

»Also dann, bis später!«, sagte Stefan und brauste davon. Franzi stand alleine auf dem Parkplatz und wusste erst mal nicht weiter. Plötzlich bereute sie es doch ein bisschen, dass sie es Kim und Marie ausgeredet hatte mitzukommen. Aber jetzt war es zu spät, sie musste sich alleine durchschlagen. Das Wichtigste war, dass sie möglichst harmlos wirkte und unerfahren, damit sie nicht auffiel. Sie hatte sich deshalb extra als Reitanfängerin angemeldet und eine Stunde in der Abteilung gebucht. Marie war so großzügig gewesen und hatte das Geld für die Reitstunde spendiert.

Franzi sah sich noch mal um. Der Reiterhof war etwas größer als der *Ponyhof Hufeisen*. Es gab einen geräumigeren Stall und rechts daneben gleich den Putzplatz. Dort stand ein etwa sechzehnjähriges, ziemlich ausgeflipptes Mädchen mit Dreadlocks, schwarzen Klamotten und jeder Menge silberner Ohrringe. Sie

striegelte ein großes schwarzes Pferd. Franzi kannte das Mädchen vom Sehen, sie ging auch auf ihre Schule und wurde von ihren Freundinnen Momo genannt.
Franzi gab sich einen Ruck und ging zu Momo hin. »Hallo, ich bin neu hier, ich heiße Franzi und hab heute meine erste Reitstunde in der Abteilung. Wo muss ich denn da als Erstes hin?«
Momo zuckte kurz zusammen, dann sagte sie kühl: »Hi ... Wo willst du hin? Ach so, zur Weide. Links am Stall vorbei und hinter dem Reiterstübchen noch mal links.«
»Danke«, sagte Franzi, aber Momo drehte ihr schon wieder den Rücken zu.
Eigentlich wäre Franzi am liebsten sofort in den Stall gegangen, um nach Tinka zu suchen, aber das wäre dann doch zu auffällig gewesen. Also folgte sie Momos Wegbeschreibung. Vor dem Reiterstübchen, einem kleinen Holzhaus, dessen Tür mit Graffiti besprüht war, blieb sie dann doch kurz stehen und sah neugierig hinein. An den Wänden hingen lauter Fotos von strahlenden Reitern, die anscheinend erfolgreich bei Turnieren mitgemacht hatten. Daneben in einem Regal standen die entsprechenden Pokale dazu. Franzi pfiff leise durch die Zähne. Hier mussten die Reitlehrer ja ziemlich gut sein.
»Kann ich dir helfen?«, fragte eine forsche Stimme hinter ihrem Rücken. Franzi fühlte sich ertappt und drehte sich schnell um. Vor ihr stand ein großer, attraktiver Mann mit braunen, halblangen Haaren und erstaunlich blauen Augen.
»Ich ... ja ... ich bin Franzi, und ich suche die Reitanfänger«, sagte sie stockend.

Der Mann musterte sie von oben bis unten und stutzte. »Hmm ... Für eine Anfängerin bist du ja schon ziemlich groß.«
Franzi wäre am liebsten im Erdboden versunken. Daran hatte sie gar nicht gedacht. Vielleicht war die Idee, sich als Anfängerin auszugeben, doch nicht so gut gewesen. »Na ja, ich habe schon einige Stunden an der Longe gehabt. Aber heute bin ich das erste Mal in der Abteilung«, erklärte Franzi schnell.
Da lächelte der Mann. »Verstehe. Ich bin David, dein Reitlehrer. Herzlich willkommen, Franzi! Du kannst gleich mit mir mitkommen und dir ein Pony von der Weide holen.«
»Ich?«, fragte Franzi überflüssigerweise.
David runzelte die Stirn. »Klar, wer denn sonst?«
Das fing ja schon mal gut an! Franzi stolperte hinter David her, der mit großen, energischen Schritten auf die Weide zuging. Dort standen bereits vier Mädchen und ein Junge am Gatter und redeten aufgeregt durcheinander.
David klatschte in die Hände und sofort verstummten alle. »Steht nicht rum, beeilt euch! Wir wollen bald anfangen.«
Franzi mischte sich unter die anderen Schüler und ließ schnell ihren Blick über die Ponys schweifen. Tinka war nicht dabei, das sah sie sofort, aber auch sonst gab es kein einziges schwarzes Pony, sondern nur Schecken, Braune und Schimmel. Enttäuscht ließ Franzi den anderen den Vortritt und wartete, bis sie sich ihre Ponys ausgesucht hatten. Am Schluss blieb ein stämmiger Brauner übrig, der missmutig mit den Hufen auf dem Boden scharrte.

»Komm, Kleiner!«, sagte Franzi. »Dann wollen wir mal.« Gemeinsam führten sie die Ponys zum Putzplatz und ließen sich von Peter, dem Stallburschen, zeigen, wie man striegelte. Franzi wusste es natürlich längst selber, aber sie tat so, als wäre alles neu für sie. Peter war sehr geduldig und erklärte das so lange, bis es jeder verstanden hatte.
Als Franzi absichtlich den Schwamm für das Fell benutzte, ging er zu ihr hin und sagte freundlich: »Sieh dir den Schwamm doch mal genauer an. Der ist viel zu fein für Luckys grobes Fell, oder?«
Franzi lächelte verlegen. »Ja, stimmt!« Peter zeigte ihr, dass man mit dem Schwamm die empfindlichen Nüstern reinigte, und lobte sie anschließend. »Ja, genau! Du machst das sehr gut.«
Während Franzi vorsichtig Luckys Nüstern reinigte, beobachtete sie Peter heimlich weiter und prägte sich seine Personenbeschreibung ein: Er war einen Kopf kleiner als David, hatte blonde, kurze Haare und ein rundes, weiches Gesicht. Franzi konnte sich zwar überhaupt nicht vorstellen, dass er Tinka entführt haben könnte, aber sie durfte sich vom äußeren Eindruck nicht täuschen lassen.
Und dann ging es endlich los. Als alle in der Reithalle versammelt waren und sich in der Mitte neben ihren Ponys aufgestellt hatten, kam David und begrüßte sie: »Hallo zusammen! Reiten ist schwer, das kann ich euch gleich am Anfang verraten, aber es lohnt sich, hart an sich zu arbeiten und von den wundervollen Tieren zu lernen.« Er machte eine Pause und sah seine

Schüler scharf an. Unwillkürlich duckten sich ein paar, die nicht mit einer solchen strengen Begrüßung gerechnet hatten. Franzi kniff die Augen zusammen und versuchte, hinter die raue Schale des Reitlehrers zu sehen. Er liebte Pferde über alles, das war klar, aber er verlangte anscheinend auch viel von seinen Schülern. Kein Wunder, dass sie so erfolgreich waren und schon jede Menge Preise eingeheimst hatten!

»Also los!«, rief David. »Aufsitzen!«

Franzi hatte keine Zeit mehr nachzudenken und konzentrierte sich voll auf ihr Pony. Sie stellte sich beim ersten Aufsteigen extra ungeschickt an und schaffte es nicht.

David kam zu ihr herüber und schüttelte unwillig den Kopf. »Mehr Schwung, los, stell dich nicht so an!«

Die Bemerkung wurmte Franzi. Na warte, dachte sie, holte Schwung und saß blitzschnell im Sattel.

»Geht doch«, brummelte David nur. Dann ging er zu den anderen und sorgte dafür, dass sie alle rasch in ihre Sättel kamen. Jetzt redete und lachte keiner mehr. Alle bemühten sich, den Anweisungen des Reitlehrers zu folgen und keine Fehler zu machen. Aber Fehler waren natürlich unvermeidlich bei der ersten Reitstunde in der Abteilung. Und David sparte nicht mit Kritik: »Beine lang! Nein, nicht klammern! Ich will keinen krummen Rücken sehen. Wo bleiben denn eure Schenkelhilfen? Nicht einschlafen, Kinder!«

Die ganze Stunde lang kommandierte er die Schüler herum und hielt sie dauernd auf Trab, sodass sogar Franzi am Ende der Kopf schwirrte und sie heilfroh war, als sie endlich absitzen

konnte. Die Stimmung war gedrückt, als die Kinder die Ponys trocken rieben und zurück zur Weide brachten.
»Ist der immer so streng?«, fragte Luise, ein Mädchen mit rotem Pferdeschwanz.
»Ich fürchte schon«, stöhnte der einzige Junge der Gruppe. »Mann, der ist ja schlimmer als mein Vater!«
Da lachte plötzlich jemand schallend. Franzi drehte sich um und entdeckte Momo, die gerade ohne Pferd auf sie zukam.
»Die ersten Stunden in der Abteilung sind immer die schlimmsten«, tröstete sie. »Aber ihr solltet nicht gleich aufgeben. David ist ein sehr guter Lehrer. Ich hab zwar auch oft über ihn geflucht, aber durch ihn hab ich schon bei zwei Turnieren gewonnen.«
Alle starrten Momo bewundernd an und sofort war die Stimmung wieder besser.
»Das ist ja toll!«, sagte Franzi. »Hängen von dir auch Fotos im Reiterstübchen?«
Momo war auf einmal kurz angebunden. »Ja.«
Franzi packte die Gelegenheit beim Schopf und fragte gleich weiter: »Hast du kurz Zeit? Kannst du mir deine Fotos zeigen?«
Momo schüttelte den Kopf. »Nein! Ich hab noch zu tun …«
Sie schulterte ihre Umhängetasche, auf der ein schwarzer Rappe aufgemalt war, und verschwand so plötzlich, wie sie aufgetaucht war.
Merkwürdig, dachte Franzi. Warum war Momo zu den anderen so nett und nur zu ihr so unfreundlich? Sie hatte ihr doch nichts getan. Am liebsten wäre sie ihr nachgegangen, aber noch wichtiger war, dass sie den Stall inspizierte.

Schnell verabschiedete sich Franzi von Lucky und den anderen Kindern, dann schlenderte sie so unauffällig wie möglich zurück zum Hof. Im Reiterstübchen saßen ein paar ältere Mädchen zusammen am Tisch und fachsimpelten über Pferderassen. Franzi winkte ihnen kurz zu und ging weiter. Zum Glück war vor dem Stall niemand zu sehen. Franzi huschte zur Stalltür und schlüpfte hinein. Ihr Herz klopfte schneller, als sie sich mit dem Rücken gegen die Innenwand lehnte und sich vorsichtig umsah. In der Stallgasse stand ein Schubkarren mit Mist und Pferdeäpfeln, ein paar Ponys schnaubten in der Nähe, aber ansonsten war es ruhig.

Franzi wollte gerade losgehen, um sich die Pferde und Ponys genauer anzusehen, als plötzlich im hinteren Teil des Stalls eine zweite Tür aufging und Stimmen laut wurden. Sofort versteckte sie sich hinter dem Schubkarren und lauschte. Nach ein paar Sekunden erkannte sie die Stimmen: Es waren David und Peter, die sich miteinander unterhielten. Zum Glück blieben sie im hinteren Teil des Stalls, aber Franzi konnte sie trotzdem gut verstehen.

»… bin dann für heute fast fertig, Chef«, sagte Peter gerade. »Muss nur noch den letzten Mist wegbringen.«

»Danke«, sagte David. »Wenn ich dich nicht hätte, könnte ich meinen Reiterhof glatt dichtmachen! Sag mal, wie gefallen dir eigentlich unsere Neuzugänge?«

»Sind gar nicht übel«, sagte Peter. »Die Schecken scheinen ziemlich temperamentvoll zu sein, aber vielleicht müssen sie sich auch erst an die neue Umgebung gewöhnen.«

David war also nicht nur der Reitlehrer, sondern auch der Besitzer des Hofs, schloss Franzi aus dem Gespräch.
Sie nutzte die Gelegenheit, während Peter sich ausführlich über Schecken ausließ, um hinüber zu den Ponys zu spähen. Es standen nur drei Tiere in den Boxen. Im ersten Moment erschrak Franzi, weil es alles Rappen waren, doch schnell hatte sie herausgefunden, dass Tinka nicht darunter war. Sie unterdrückte einen Seufzer. Wieder kein Erfolg! Vielleicht war die Spur doch falsch gewesen? Vielleicht war es nur eine ganz normale Werbeanzeige gewesen, die der Reiterhof in die Zeitung gesetzt hatte, genau wie Fionas Eltern?
Sie überlegte, ob es noch Sinn hatte hierzubleiben, entschloss sich dann aber doch dazu, weiterzulauschen.
Peter hatte seine Ausführung über die Schecken abgeschlossen und sagte gerade: »Ich persönlich finde ja die Braunen am schönsten. Sie haben eine tolle Fellfarbe.«
»Stimmt«, sagte David. »Erstklassige Züchtung übrigens, aber ich bin generell mehr für Schimmel, wenn du schon die Fellfarben ansprichst. Oder gleich für Rappen!«
Peter lachte. »Klar, da hat jeder so seine Vorlieben, wobei man heutzutage ja fast alles machen kann.«
»Wie meinst du das jetzt?«, fragte David.
»Na ja«, antwortete Peter. »Man kann auch ein bisschen nachhelfen. Heute ist doch alles möglich ...«
Franzi wurde hellhörig und wagte sich ein Stück hinter dem Schubkarren hervor. Da sah sie, wie der Reitlehrer dem Stallburschen auf die Schulter klopfte. »Haha! Jetzt weiß ich, was

du meinst. Klar, das ist eine feine Sache, finde ich auch.« Franzi bekam eine Gänsehaut. Auf einmal wirkten die beiden wie geheime Verschwörer und ihr kam ein schrecklicher Verdacht: Hatten die Männer etwa Tinka entführt und wollten jetzt ihr Fell umfärben, damit niemand, der Tinka zufällig kannte, den Diebstahl bemerkte? Auf so eine raffinierte Gemeinheit wäre sie von alleine nie gekommen! Franzi war so wütend darüber, dass sie aus Versehen mit ihrem Fuß gegen den Schubkarren stieß, nur ganz leicht, aber das scharrende Geräusch war leider trotzdem nicht zu überhören.

»Ist da wer?«, rief David prompt.

Franzi erstarrte. Was sollte sie tun? Weglaufen? Sie zögerte eine Spur zu lange und da war es zu spät, denn der Reitlehrer lief mit großen Schritten auf sie zu. »Was hast du denn hier zu suchen?« Seine Stimme war noch unangenehmer als während der Reitstunde.

»Ich ... äh ...«, stammelte Franzi, »wollte mich nur ein bisschen umsehen und die anderen Ponys und Pferde kennenlernen.«

»Wer ist denn da?«, fragte Peter und kam neugierig näher.

»Eine von meinen Anfängerinnen, die eindeutig zu neugierig ist«, sagte David.

Peter musterte Franzi verwundert, dann hellte sich sein Gesicht auf. »Ach, du warst vorhin beim Putzplatz, oder?« Franzi nickte. »Stimmt. Ich heiße Franzi und wollte wirklich nur ...«

»... gleich wieder gehen!«, beendete David den Satz für sie und verschränkte demonstrativ die Arme vor der Brust.

»Von mir aus kann sie gern noch bleiben«, sagte Peter und lächelte Franzi an.
Doch David schüttelte unwillig den Kopf. »Nichts da! Geh jetzt, die Reitstunde ist längst vorbei.«
Franzi blieb nichts anderes übrig, als sich zurückzuziehen.
»Hab schon verstanden«, sagte sie zerknirscht und verließ den Stall.
An der Tür hörte sie noch, wie Peter leise zu David sagte:
»Warum bist du denn gleich so in die Luft gegangen? Die Kleine war doch ganz harmlos!«

Drei Verdächtige

Harmlos waren weder der Besitzer und Reitlehrer noch der Stallbursche, davon war Franzi überzeugt. Die ganze Zeit, während sie zurück zum Parkplatz ging und auf Stefan wartete, schwirrten ihr die Worte der beiden durch den Kopf. Ihr Gespräch über Fellfarben und was heutzutage alles möglich war, war mehr als merkwürdig gewesen. Und dann noch Davids heftige Reaktion am Schluss. Er wollte sie eindeutig loswerden und hatte offenbar Angst, dass sie zu viel von dem Gespräch mitbekommen hatte. Das konnte nur eins bedeuten: Er hatte etwas zu verbergen!

»Hallo! Erde an Franzi«, rief plötzlich jemand. »Ich muss dich leider aus deinen Pferdeträumen herausreißen.«

Franzi fuhr herum und sah Stefan, der die Beifahrertür geöffnet hatte und ihr ungeduldig zuwinkte. Sie war so in Gedanken gewesen, dass sie ihn mit seinem Opel gar nicht hatte kommen hören.

»Ach, du bist schon hier?«, sagte sie, stieg ein und schlug die Tür zu.

Stefan grinste. »Schon ist gut. Ich hab mir extra Zeit gelassen, damit du dich länger mit deinen Ponys vergnügen kannst.« Während Franzi sich anschnallte, startete er den Motor und fuhr los.
Als er an der Bundesstraße rechts abbiegen wollte, rief Franzi laut: »Stopp!«
Stefan trat auf die Bremse. »Was ist los? Willst du doch im Stall übernachten?«
»Nein«, sagte Franzi. »Aber mir ist gerade was eingefallen. Ich würde gern noch bei Fiona auf dem Ponyhof vorbeischauen. Könntest du mich kurz hinbringen?«
Stefan stöhnte. »Das dauert doch wieder ewig!«
»Nur eine Viertelstunde«, sagte Franzi, »nicht länger, das versprech ich dir. Bitte! Du bist der liebste, beste Bruder auf der ganzen Welt!«
Stefan grummelte etwas von »Erpressung« und »immer ich«, doch schließlich gab er nach. »Na gut. Aber wenn du nur eine Sekunde später dran bist, fahr ich alleine nach Hause und lasse dich in der Kälte stehen.«
Sie wusste, dass er nur einen Scherz machte, und lachte. »Alles klar!«
Kurz darauf bog Stefan in die Einfahrt zum *Ponyhof Hufeisen* ein. Kaum war Franzi ausgestiegen, kam Fiona auch schon aus dem Wohnhaus. »Hi! Ich wollte dich gerade anrufen. Und? Gibt es was Neues?«
Franzi schüttelte den Kopf. »Nein. Ich hab Tinka nicht gefunden, obwohl es drei Rappen auf dem Hof gab.«

»Das tut mir leid für dich«, sagte Fiona. Als sie merkte, wie traurig Franzi war, hakte sie sich bei ihr unter. »Und was hast du sonst noch herausgefunden?«
Franzi holte Luft und wollte schon loslegen. Genau deshalb war sie ja hergekommen. Doch da fiel ihr siedend heiß ein, dass die drei !!! grundsätzlich nicht über ihre Ermittlungen sprachen, solange sie noch mittendrin waren.
»Sorry«, sagte sie. »Das kann ich dir leider nicht erzählen. Kim und Marie wären sonst sauer.« Sie erklärte kurz die Prinzipien des Detektivclubs.
Fiona nickte verständnisvoll, obwohl sie sichtlich enttäuscht war. »Falls ihr doch noch Hilfe braucht, ich bin für euch da.«
»Danke«, sagte Franzi. »Lieb von dir. Du kannst mir jetzt helfen. Kann ich kurz zu Coco? Ich glaube, ich brauche ein bisschen Ablenkung.«
Fiona zögerte. »Zu Coco? Jetzt?«
»Ja«, sagte Franzi. »Reitet gerade jemand auf ihr?«
»Äh ... nein«, sagte Fiona. »Nein, ich glaube nicht.« Dann lächelte sie. »Klar kannst du zu ihr. Sie ist im Stall.«
Franzi lief voraus. Sie konnte es kaum erwarten, ihr Lieblingspony wiederzusehen. Coco stand brav in ihrer Box, sah aber kaum hoch, als Franzi sie begrüßte.
»Hallo, erkennst du mich nicht wieder?«, fragte Franzi und streckte ihre Hand hin. Coco schnupperte nur kurz daran und diesmal leckte sie die Hand nicht ab.
Franzi lachte. »Ah, ich weiß schon, was du willst! Sieh mal, rein zufällig hab ich noch eine Karotte dabei.«

Coco hob den Kopf und knabberte ein bisschen an der Karotte, hörte aber gleich wieder auf.
»Schmeckt sie dir nicht?«, fragte Franzi verwundert. »Die ist ganz frisch.«
Coco schien wirklich keinen Appetit zu haben.
»Was hat sie denn?«, fragte Franzi. »Sie ist heute so anders.«
»Ach, nichts«, sagte Fiona. »An manchen Tagen ist sie eben ein bisschen müde. Heute war ein anstrengender Tag für sie. Ich bin auch ziemlich fertig, weil ich meinen Eltern beim Ausmisten geholfen habe.«
Franzi kraulte Cocos Mähne, die wieder ziemlich zerzaust aussah. »Verstehe!«, sagte sie. »Na dann, ruh dich schön aus. Ich komme ein andermal wieder, einverstanden?«
Coco schnaubte. Franzi interpretierte es als ein Ja und warf einen Blick auf ihre Armbanduhr. Die Viertelstunde war ohnehin bereits vorbei. »Ich muss auch leider gleich wieder los«, sagte sie.
Fiona lächelte. »Super … äh … ich meine, schade!« Sie biss sich auf die Lippen. »Schade, dass du nicht länger bleiben kannst. Entschuldige, ich bin total k. o.«
»Kein Problem«, sagte Franzi. »Das kenn ich. Geh am besten gleich in die Falle.«
Fiona nickte. »Ja, mach ich.«
»Also dann bis morgen in der Schule!«, sagte Franzi und lief los, damit Stefan nicht doch noch seine Drohung wahr machte und sie in der Kälte stehen ließ.
Doch kaum hatte sie ein paar Schritte gemacht, klingelte ihr

Handy. Bennis Name leuchtete auf dem Display auf. Sofort packte Franzi wieder das schlechte Gewissen. Gestern hatte sie versprochen, sich bei ihm zu melden, es aber dann wieder total vergessen.

Auch auf die Gefahr hin, dass Stefan ihr gleich den Hals umdrehte, ging sie ran. »Hallo, Benni!« Sie holte tief Luft, um sich bei Benni zu entschuldigen, da kam aus dem Hörer ein lauter Stoßseufzer.

»Bin ich froh, dich zu hören!«, rief Benni. »Ich dachte schon, dir sei was passiert, weil du dich nicht gemeldet hast.«

»Nein«, sagte Franzi. »Mir geht es gut … so weit. Ich wollte dich anrufen, aber es war so viel los. Wir suchen immer noch nach Tinka.«

»Habt ihr schon eine Spur?«, erkundigte sich Benni.

Franzi tigerte nervös vor der Stalltür auf und ab. »Du … das kann ich dir nicht sagen, am Handy schon gar nicht!«

Der Satz war heftiger rübergekommen, als sie beabsichtigt hatte, aber im Augenblick lagen ihre Nerven einfach blank. Benni schwieg. Franzi konnte trotzdem spüren, dass er verletzt war. Stress in der Liebe hatte ihr jetzt gerade noch gefehlt!

»Benni, sorry, es ist gerade leider ganz schlecht«, versuchte sie zu erklären. »Stefan wartet nämlich draußen im Auto auf mich.«

Benni ging nicht darauf ein und schwieg weiter. Dann sagte er leise: »Magst du mich nicht mehr?«

»Doch, natürlich!«, rief Franzi. »Was redest du da?«

Benni räusperte sich. »Ich meine ja nur ... ich dachte, wenn man zusammen ist, teilt man alles, auch wenn es einem mal schlecht geht.«
»Ja, klar«, sagte Franzi. Benni hatte vollkommen recht und sie hatte ihm unrecht getan. Sie hatte ihn wirklich total vernachlässigt. Je länger sie mit ihm sprach, umso mieser kam sie sich vor. Da seufzte Benni: »Ich vermisse dich!«
Der Satz traf Franzi mitten ins Herz. Sie konnte es nicht ertragen, dass Benni so traurig war. »Gut«, sagte sie schnell.
»Wir könnten uns morgen treffen. Hast du Lust, frühstücken zu gehen?«
Sofort klang Bennis Stimme wieder froh. »Was für eine Frage? Ja!!«
Das Frühstück im *Café Wassermann* war toll. Franzi hatte sich für den Käseteller entschieden, der fast so groß wie ein Wagenrad und liebevoll mit Erdbeeren dekoriert war. Dazu gab es leckere Croissants, frische Brötchen und eine große Schale mit duftendem Milchkaffee. Alles war perfekt – eigentlich ...
»Schmeckt es dir nicht?«, fragte Benni, der bereits zwei Würstchen und eine große Portion Rühreier von seinem amerikanischen Frühstück verputzt hatte.
»Doch«, sagte Franzi. »Ich hab bloß keinen Hunger.« Benni nickte verständnisvoll. »Es ist wegen Tinka, oder?«
»Ja«, sagte Franzi leise.
Benni legte seine Hand auf ihren Arm. »Ich würde mich niemals in eure Ermittlungen einmischen, das weißt du. Trotzdem würde ich dir so gern helfen, wenn ich könnte!«

»Das tust du doch gerade«, sagte Franzi. »Du bist da für mich und hörst mir zu, das ist wirklich lieb von dir.« Sie nahm einen Schluck Milchkaffee, aber er war noch viel zu heiß.
Benni schielte inzwischen auf den Emmentaler auf ihrem Teller. »Kann ich was davon abhaben?«
»Ja, klar«, sagte Franzi.
Während er sich ein großes Stück von dem Käse auf seinen Teller lud und es dann genüsslich verspeiste, beobachtete Franzi ihn heimlich von der Seite: seine kräftigen Schultern, die blonden Locken, die unglaublich blauen Augen, das warme Lächeln. Sie wusste nicht, in welche seiner Vorzüge sie sich als Erstes verliebt hatte, wahrscheinlich in alle gleichzeitig. Bei dem Gedanken musste sie lächeln, aber plötzlich wurde sie wieder ernst. Irgendetwas war anders heute, aber was? Nach ein paar Sekunden kam sie darauf: Sie hatte kein Herzklopfen! Nicht mal ein kleines bisschen.
»Warum siehst du mich denn so an?«, fragte Benni verwundert. »Hab ich einen Pickel auf der Stirn?«
Franzi lachte verlegen. »Nein! Nur so ...«
Benni lachte auch und redete weiter, aber Franzi ertappte sich dabei, dass sie ihm gar nicht richtig zuhörte. Die Erkenntnis von vorhin hatte sie erschreckt. Was war nur mit ihr los? Erst vor einer Woche war sie noch ganz verrückt nach Benni gewesen, aber jetzt auf einmal gar nicht mehr. Konnte ein Gefühl so einfach verschwinden? War sie etwa nicht mehr in Benni verliebt? Der Gedanke war so schrecklich, dass sie ihn schnell wieder verdrängte. Ihr Leben war doch sowieso schon schwierig genug!

Detektivtagebuch von Kim Jülich
Sonntag, 14:25 Uhr

Ehrlich gesagt, hatte ich mir den Sonntagnachmittag ganz anders vorgestellt. Ich wollte mit Michi gemütlich ins Café gehen und danach durch den Park spazieren. Daraus wurde leider nichts, weil Franzi gestern Abend anrief und unbedingt eine Sondersitzung des Clubs einberufen wollte. Und sie hatte nur um drei Uhr Zeit, weil sie vorher was mit Benni klären musste. Und Michi wiederum konnte leider am Vormittag nicht! Ihm so kurzfristig abzusagen war echt schlimm, besonders weil er mir nicht mal Vorwürfe gemacht hat, sondern total verständnisvoll war. Aber das gehört eigentlich nicht hierher, sondern in mein geheimes Tagebuch. Ich wollte damit nur ausdrücken, dass es manchmal ganz schön schwer ist, Detektivin zu sein!
Jetzt aber ganz nüchtern zu den neuen Fakten. Mittlerweile ist nämlich einiges passiert. Hier die Ergebnisse unserer Clubsitzung: Tinka ist jetzt bereits seit vier Tagen spurlos verschwunden. Dass sie selber ausgebüxt ist, wird immer unwahrscheinlicher. Wir gehen davon aus, dass sie entführt wurde.
Auf den Steckbrief hat sich niemand gemeldet. Franzis Eltern wollten wieder Kommissar Peters einschalten, aber Franzi konnte es ihnen zum Glück ein zweites Mal ausreden. Wir werden diesen Fall nicht freiwillig abgeben!
Die Spur mit dem Zirkus, die Marie und ich verfolgt haben, hat leider ins Leere geführt. Es war ein Zirkus, der überhaupt nicht mit Tieren, sondern nur mit Akrobaten und Clowns arbeitet. Trotzdem haben wir jetzt drei Verdächtige.

1. David, der Besitzer des Reiterhofs Himmelkron und gleichzeitig Reitlehrer
2. Peter, der Stallbursche und eventuelle Komplize von David
3. Momo, eine sechzehnjährige Reitschülerin

Die möglichen Tatmotive sind:
David und Peter haben Tinka (und möglicherweise weitere Ponys) gestohlen, um den

Reiterhof noch attraktiver zu machen. Eventuell wollen sie ihre Konkurrenten, Fionas Eltern, damit ausstechen.
Momo ist verrückt nach Rappen (wegen der Umhängetasche und ihrem Schulpferd) und will nicht nur auf fremden Pferden reiten, sondern selbst einen Rappen besitzen. Sie hat zufällig auf dem Schulhof mitbekommen, dass Franzi ein Pony hat. Sie hat die Adresse rausgekriegt, Tinka geklaut und versteckt sie jetzt auf dem Reiterhof. Deshalb war sie auch alles andere als erfreut, als Franzi dort plötzlich auftauchte.

Die nächste Aktion der drei !!! (topsecret!):
Wir werden heute spätabends zu dritt zum Reiterhof Himmelkron fahren und nach Spuren suchen. Unsere Eltern denken, dass wir bei Fiona übernachten, weil die eine Party gibt. Das mit der Übernachtung stimmt sogar, nur die Party ist gelogen. Fiona weiß über unsere Aktion nur so viel, wie nötig war, damit sie uns bei sich aufnimmt. Sie war zwar erst ein bisschen sauer, aber dann doch zum Glück einverstanden.
Ich bin jetzt schon wahnsinnig aufgeregt. Ich wünschte, ich könnte eine coolere Detektivin sein, aber da geht es mir wahr scheinlich genau wie den Schauspielern: Das lästige Lampenfieber gehört einfach dazu!

Nächtliche Spurensuche

»Nicht so schnell!«, stöhnte Kim. »Ich kann nicht mehr.« Sie stieg von ihrem Fahrrad ab und keuchte.

Franzi und Marie, die längst die Kuppe des Hügels erreicht hatten, bremsten und warteten auf ihre Freundin. Franzi zog den Reißverschluss ihres Anoraks bis zum Hals hoch. Es war kalt heute Abend, aber sie hatten trotzdem Glück mit dem Wetter. Im Lauf des Tages hatte es schon ein paar ausgiebige Aprilschauer gegeben, doch jetzt schien der Mond von einem wolkenlosen, sternenklaren Himmel.

»Ich dachte eigentlich, dass du inzwischen fitter bist«, sagte Marie spöttisch, »seit du mit uns joggen gehst.«

Kim kam keuchend näher und verzog das Gesicht. »Haha, sehr witzig! So selten, wie wir joggen, kann ich ja gar keine Kondition aufbauen. Außerdem bin ich eben nicht so eine Sportskanone wie ihr. Dafür hab ich andere Qualitäten.«

»Lass sie in Ruhe!«, sagte Franzi zu Marie. »Bei mir zieht es auch schon ein bisschen in den Waden. Schließlich mache ich nicht jeden Tag so eine Gewalt-Radeltour.«

Das war das Stichwort für Marie. »Ich war ja von Anfang an dafür, dass wir mit Stefan fahren. Bei ihm im Auto wäre es jetzt wesentlich kuscheliger!«
»Musst du schon wieder damit anfangen?«, stöhnte Franzi. »Wir waren uns doch einig, dass wir ihn diesmal nicht bitten, damit wir ihn nicht in unsere Geheimaktion einweihen müssen. Was denkst du, was bei mir zu Hause los wäre, wenn meine Eltern es zufällig erfahren würden?«
»Schon gut«, wehrte Marie ab. »Ihr habt mich ja überstimmt.«
Kim war mittlerweile neben Franzi und Marie angekommen und stützte sich auf ihren Lenker, um zu verschnaufen. Dabei zwinkerte sie Marie zu. »Du schwärmst ja wieder ganz schön von Stefan! Weiß Holger eigentlich davon? Er hat dir doch gestern zurückgemailt.«
»Pah!«, machte Marie. »Der muss auch nicht alles wissen. Außerdem hat er in seiner E-Mail dauernd von dieser blöden Corinna erzählt. Wie nett sie ist und wie gut sie schon Englisch könnte und so weiter. Bestimmt stecken die beiden ständig zusammen.«
Als Kim kicherte, lenkte Marie geschickt vom Thema ab: »Und wie steht es mit dir und Michi?«
»Sehr gut«, sagte Kim und bekam leuchtende Augen. Dann fiel ihr etwas ein: »Du, Franzi, was ich dich schon lange fragen wollte: Könnten Michi und ich mal zu dir rauskommen und in euren Lindenbaum ein kleines Liebeszeichen schnitzen?«
»Was? Ein Liebeszeichen?«, fragte Franzi zurück und spürte

einen Stich in ihrem Herzen. Kim und Michi waren immer noch so verliebt wie am ersten Tag, beneidenswert ... Wenn sie doch dasselbe auch von sich sagen könnte!

»Also, wenn du was dagegen hast, um die Rinde nicht zu zerstören«, sagte Kim, »kann ich das natürlich verstehen.«

Franzi schüttelte den Kopf. »Quatsch! Klar könnt ihr das machen.«

»Danke«, rief Kim und strahlte glücklich. »Los, lasst uns weiterfahren!«

Franzi und Marie sahen ihr verdutzt hinterher, wie sie plötzlich voller Energie in die Pedale trat und den Hügel hinunterpreschte.

»Liebe verleiht Flügel!«, sagte Marie und grinste. Dann sauste sie Kim hinterher.

Zwanzig Minuten später hatten die drei !!! es geschafft. Ausgepowert und leicht verschwitzt erreichten sie die Zufahrt zum *Reiterhof Himmelkron*. Sie versteckten ihre Fahrräder hinter einem Schuppen und sahen sich um. Der Hof war nur schwach beleuchtet. In der Dunkelheit sahen die Gebäude viel größer aus und warfen lange, unheimliche Schatten.

»Haben die auch einen Hund?«, flüsterte Kim.

»Nein«, flüsterte Franzi zurück. »Du kannst die Panikbeleuchtung wieder ausschalten.«

Wenn das so einfach wäre, dachte Kim. Ihre Knie zitterten, und ihre Hände, mit denen sie die kleine LED-Taschenlampe für alle Fälle umklammerte, waren feucht. Sicherheitshalber ließ sie die Lampe erst mal aus.

Auf Franzis Zeichen hin pirschten sich die drei !!! näher an den Hof heran. Über ihren Köpfen raschelte das Laub der Bäume. Aus der Ferne hörten sie das Schnauben von Pferden. Sonst war alles ruhig. Doch plötzlich huschte ein kleiner Schatten vor ihren Füßen quer über den Weg.

Kims Herz setzte kurz aus und klopfte dann doppelt so schnell weiter.

»Was war das?«, zischte Marie.

»Bestimmt nur eine Maus«, antwortete Franzi. »Jetzt beruhigt euch mal.«

In Wirklichkeit war Franzi jedoch längst nicht so cool, wie sie vorgab. Sie hatte tierische Angst, dass David sie erwischen und einen Wutanfall bekommen könnte, der vielleicht nicht so glimpflich endete wie damals bei Bauer Schärding.

Kim drängte sich näher an Franzi. »Plan A?«, flüsterte sie ihr zu.

Franzi nickte. Plan A bedeutete, dass sie zunächst die Weide inspizierten, um nachzusehen, ob der oder die Entführer Tinka nachts dort hingebracht hatten. Franzi hatte sich den Weg gut eingeprägt und führte ihre Freundinnen am Stall und am Reiterstübchen vorbei. Die Tür zum Stübchen war geschlossen und dahinter war alles dunkel. Nur vom gegenüberliegenden Wirtschaftsgebäude drang ein gelber Lichtschein herüber.

Schnell huschten die Detektivinnen weiter. Als sie die Gebäude hinter sich ließen, atmeten sie alle drei auf. Gleich fühlten sie sich viel wohler und sicherer. Allerdings wurde es auch immer dunkler, je näher sie zur Weide kamen.

»Autsch!«, rief Marie, die über eine Wurzel gestolpert war. Kim packte sie im letzten Moment, bevor sie stürzte. »Alles okay?«

Marie verzog gequält das Gesicht. »Geht schon.« Sie rieb sich kurz den schmerzenden Knöchel und lief weiter.

Dann waren sie am Ziel. Hinter dem Weidezaun erkannten sie erst nur schwache Schemen. Als sich ihre Augen an das Mondlicht gewöhnt hatten, konnten sie einzelne Körper von Pferden und Ponys auseinanderhalten, die ruhig in Grüppchen zusammenstanden und dösten. Trotzdem war es praktisch unmöglich, einen Rappen zu erkennen, und noch unmöglicher, Tinka zu finden.

»Ich muss näher ran«, flüsterte Franzi, und bevor Marie und Kim protestieren konnten, war sie auch schon über den Zaun geklettert und landete auf der anderen Seite sicher auf dem weichen Boden. Jetzt hoben ein paar Ponys die Köpfe und sahen leicht beunruhigt zu ihr herüber.

»Sch!«, machte Franzi. »Ganz ruhig!«

»Pass bloß auf«, flüsterte Kim ängstlich. Sie hatte riesigen Respekt vor Pferden und hätte sich das nie getraut.

Franzi hörte kaum hin. Sie hatte nur noch offene Augen und Ohren für die Ponys und Pferde. Vorsichtig, Schritt für Schritt, ging sie auf die Tiere zu. Zwei, drei Ponys scharrten nervös mit den Hufen und ein Pferd wieherte leise. Aber dann beruhigten sie sich rasch wieder. Franzi war jetzt so nah bei ihnen, dass sie die Fellfarben unterscheiden konnte. Da waren die Schecken, da die Braunen und Schimmel und da drüben die drei Rappen,

die sie schon im Stall gesehen hatte, als sie David und Peter belauscht hatte. Franzi kniff die Augen zusammen und strengte sich an, sie suchte und suchte. Aber Tinka war nicht dabei. Selbst wenn sie eine andere Farbe gehabt hätte, hätte Franzi sie trotzdem sofort erkannt.
»Ihr habt nicht zufällig mein Pony gesehen?«, fragte sie.
Die Pferde und Ponys schnaubten nur und sahen sie mit ihren großen, schönen Augen an.
Franzi seufzte. Manchmal wünschte sie wirklich, dass Pferde sprechen könnten. Enttäuscht kehrte sie wieder zu Kim und Marie zurück und schwang sich elegant über den Zaun.
»Und?«, fragten die beiden wie aus einem Mund.
Franzi schüttelte den Kopf. »Nichts. Also weiter mit Plan B.«
»Welcher Plan B?«, fragte plötzlich ein Mädchen, das wie ein Geist aus der Dunkelheit aufgetaucht war.
Die drei !!! schraken zusammen. Sie hatten weder Schritte im weichen Gras gehört noch jemanden kommen hören. Das Mädchen musste sich regelrecht angeschlichen haben.
Kim knipste ihre LED-Taschenlampe an und leuchtete dem Mädchen ins Gesicht.
»He, lass das!«, rief das Mädchen. Dann entdeckte sie Franzi und rief entrüstet: »Was machst *du* denn hier?«
»Dasselbe könnten wir dich fragen, Momo!«, gab Franzi zurück.
Momo vergrub ihre Hände in den weiten Taschen ihrer schwarzen Jacke und kam prompt ins Stottern. »Ich ... äh ... b...bin öfter hier.«

»Auch nachts?«, hakte Kim nach.
»Was soll das?«, rief Momo. »Wird das hier ein Verhör, oder was? Wer seid ihr eigentlich? Wollt ihr zusammen mit Franzi Ponys stehlen?«
Die drei !!! tauschten rasch einen Blick. Das war ja eine interessante Reaktion!
»Nein«, antwortete Marie und musterte Momo kühl. »Aber du vielleicht?«
Momo schnappte nach Luft. »Unverschämtheit! Mit euch rede ich nicht länger. Macht doch, was ihr wollt!« Damit drehte sie sich auf dem Absatz um und rauschte davon.
»Sollen wir ihr nachlaufen?«, fragte Kim.
»Klar«, sagte Marie, »aber mach das Licht aus, Kim. Das ist viel zu auffällig.«
Kim gehorchte und sofort wurde es wieder finster. Die Detektivinnen versuchten, Momo zu folgen, aber schon nach einigen Metern verlor sich ihre Spur in der Dunkelheit. »Mist!«, rief Franzi. »Das war's! Nachts haben wir keine Chance. Was machen wir denn jetzt?«
Kim zögerte. »Im Zweifelsfall ganz normal mit Plan B weiter ...« Mitten im Satz stockte sie und zeigte auf den Rasen, auf dem sie gerade standen. Dann knipste sie die Taschenlampe wieder an. »Seht mal! Das Gras ist ja ganz weiß!« Marie und Franzi bückten sich. Tatsächlich zog sich eine längliche weiße Spur durch das Gras.
Marie pfiff durch die Zähne. »Wetten, die Spur hat Momo hinterlassen?«

»Sieht ganz so aus«, sagte Franzi, während sie eine Lupe aus ihrer Tasche holte und die Grashalme näher untersuchte. »Vielleicht hat sie ja Tinka umgefärbt und nicht David! Und jetzt ist sie uns entwischt!«
»Trotzdem haben wir ihre Spur«, sagte Kim und zückte eine kleine Schere. Vorsichtig schnitt sie ein Büschel weißes Gras ab und steckte es in eines der drei Plastiktütchen, die sie für eventuelle Indizien immer bei sich trug.
Franzi sah sich inzwischen unruhig um. Im Moment interessierte sie sich herzlich wenig für die Spurensicherung, viel lieber wollte sie diese Momo schnappen. »Mach schnell!«, sagte sie zu Kim. »Wir müssen in den Stall. Vielleicht ist Momo ja noch dort.«
Kim steckte das Tütchen mit dem Beweisstück ein. »Ich komm ja schon!«
Laut Plan B hatten sie sowieso vorgehabt, den Stall zu inspizieren, um nach Tinka zu suchen. Also konnten sie gleich zwei Fliegen mit einer Klappe schlagen. Zu dritt huschten sie am Reiterstübchen vorbei und schoben sich danach an der äußeren Wand des Stalls vorwärts bis zur Tür.
Franzi packte das Jagdfieber. Leise öffnete sie die Tür, die zum Glück nicht in den Angeln quietschte, und schlüpfte in den Stall. Schnell sah sie sich nach allen Seiten um und zischte: »Die Luft ist rein!«
Marie folgte ihr und als Letzte kam Kim. Franzi lief die Stallgasse entlang und ballte wütend die Fäuste. Momo konnte was erleben, wenn sie sie erwischte! Doch so sehr Franzi auch

suchte, Momo war nirgends zu sehen. Auch die meisten Boxen waren leer. Der Großteil der Tiere war draußen auf der Weide. Nur in zwei Boxen standen Ponys: ein Fuchs und ein Brauner. Kein Rappe, keine Tinka – auch keine umgefärbte Tinka!
Franzi fluchte leise vor sich hin. Heute ging aber auch alles schief. Erst entwischte ihnen Momo und Tinka blieb nach wie vor spurlos verschwunden. Dabei war sich Franzi so sicher gewesen, dass sie Tinka hier finden würden.
»Seht mal, da ist noch eine Tür«, flüsterte plötzlich Kim, die am Ende der Stallgasse angelangt war.
Franzi erinnerte sich, dass David und Peter durch diese Tür hereingekommen sein mussten. Sie hatte allerdings keine Ahnung, ob sie ins Freie führte oder in einen anderen Raum. Kim drückte bereits die Klinke herunter und steckte den Kopf durch den Türrahmen. Dann schnupperte sie. »Riecht nach Leder oder so.«
»Dann ist es bestimmt die Sattelkammer«, sagte Franzi und schöpfte sofort neue Hoffnung.
Tatsächlich war der Raum voller Zaumzeug und Sättel, die säuberlich an den Wänden aufgehängt waren.
»Hier ist Tinka leider auch nicht«, seufzte Kim.
Da zeigte Marie auf die hintere Wand. »Seht mal! Da scheint noch eine Tür zu sein!«
Franzi und Kim hätten die Tür glatt übersehen. Kein Wunder, sie war sehr schmal und hinter einem Sattel verborgen.
»Lasst mich mal vor!«, rief Franzi aufgeregt. Vorsichtig nahm sie den Sattel runter und legte ihn auf dem Boden ab.

Inzwischen machte sich Marie an dem Riegel zu schaffen.
»Oh nein!«, rief sie. »Da ist ein Vorhängeschloss dran.«
Ihre Hände fingen an zu kribbeln. Zum Glück hatte sie ihr kleines Dietrich-Set mitgenommen. Sie sah sich das Schloss an und grinste. »Da hat es anscheinend jemand eilig gehabt. Das Schloss ist gar nicht richtig zu.« Mit einem Klack hatte sie es geöffnet.
»Du bist ein Genie!«, sagte Kim.
Marie winkte ab. »Übertreibt mal nicht. Jetzt bin ich aber wirklich gespannt, was da versteckt ist.« Trotzdem bezwang sie ihre Neugier und ließ Franzi den Vortritt.
Die machte zögernd die schwere Eisentür auf und lugte hinein. Der Raum hinter der Sattelkammer war klein und quadratisch. Es roch muffig, ein bisschen wie im Keller. Die grauen Steinfliesen sahen staubig aus. Es gab nur ein einziges, vergittertes Fenster oben an der Decke, das voller Spinnweben war. »Sieht aus wie ein Gefängnis«, murmelte Franzi. Dann ging sie langsam hinein.
Marie und Kim folgten ihr. Als sie zu dritt drin waren, war der kleine Raum auch fast schon voll. Sie standen dicht an dicht und konnten gegenseitig an den Handgelenken ihren beschleunigten Puls fühlen. Kim knipste die LED-Lampe an. In ihrem hellen weißen Schein sahen sie, dass der Raum fast leer war. Auch hier war Tinka nicht. Nur in der rechten hinteren Ecke standen vier Säcke nebeneinander. Franzi konnte ihre Enttäuschung kaum noch verbergen. Sie war kurz davor zu heulen. Marie und Kim merkten es nicht, weil sie mit den Säcken beschäftigt waren.

»Was ist das?«, fragte Kim und nahm die Säcke genauer unter die Lupe.
»Kraftfutter«, sagte Marie.
Franzi wischte sich verstohlen eine Träne aus den Augen und erklärte ihren Freundinnen: »Das ist Hafer oder Gerste. Das bekommen große Pferde und Ponys täglich zusätzlich zum normalen Futter, vor allem, wenn sie oft geritten werden.«
Kim zuckte mit den Schultern. »Ist also nicht weiter spannend für uns. Los, lasst uns wieder gehen!«
»Wartet!«, sagte Marie plötzlich. »Alle vier Säcke wurden schon mal geöffnet und nur lose wieder zugemacht. Ist das nicht merkwürdig?«
Franzi vergaß für einen Moment Tinka. »Allerdings! Normalerweise macht man einen Sack nach dem anderen auf, damit das Futter länger frisch bleibt.« Sie borgte sich Kims Taschenlampe aus und bückte sich. »Hier liegen Futterreste am Boden. Da hat es wirklich jemand eilig gehabt ... aber was ist das daneben?«
Kim ging neben Franzi auf die Knie. »Das sind so komische orangefarbene Körner. Gehören die auch zum Kraftfutter dazu?«
»Kann ich mir eigentlich nicht vorstellen«, sagte Franzi.
»Aber so gut kenne ich mich auch wieder nicht aus. Manche Pferdebesitzer streuen, glaube ich, noch extra Vitamine oder Mineralstoffe ins Kraftfutter, aber ich hab keine Ahnung, ob die auch orange sein können.« Sie leuchtete hinter die Säcke und stieß einen leisen Schrei aus. »Ha! Da ist noch was.« Mit

ausgestreckten Fingern griff sie vorsichtig zwischen die Säcke und holte eine weiße Dose heraus.

Marie beugte sich neugierig über die Köpfe ihrer Freundinnen. »Sieht aus wie ein Medikament aus der Apotheke, aber das Etikett ist ziemlich zerknittert. Man kann nur die ersten fünf Buchstaben lesen: ›Vetra…‹. Nie gehört. Schraub doch mal den Deckel auf, Franzi.«

Franzi tat es. Innen waren genau die gleichen orangefarbenen, groben Körner, die auch auf dem Boden zwischen den Futterresten verstreut waren. Kim, Franzi und Marie sahen sich betroffen an.

»Denkt ihr auch, was ich denke?«, fragte Kim.

Franzi nickte. »Sieht fast so aus, als ob jemand diese Körner heimlich in die Futtersäcke gemischt hätte. Aber warum?«

»Ich fürchte, nicht um den Pferden was Gutes zu tun«, raunte Marie.

Franzi sah sie entsetzt an. »Meinst du, irgendjemand will Tinka damit vergiften?«

»Das glaub ich nicht«, versuchte Marie sie zu beruhigen, »das Futter bekommen doch alle Ponys hier. Ich kann mir nicht vorstellen, dass David seine eigenen Ponys vergiften will.«

»Marie hat recht«, sagte Kim und legte Franzi tröstend den Arm um die Schulter. »Bestimmt sind es Vitamine.«

Franzi hielt immer noch unschlüssig den Deckel der Dose in der Hand. Obwohl Kim und Marie vermutlich recht hatten, ließ sich die Angst nicht so schnell verscheuchen.

Kim und Marie überlegten inzwischen weiter.

»Der Fall wird immer verwirrender«, sagte Kim. »Diese Spur scheint wieder eindeutig zu David oder Peter zu führen. Aber was wollen die beiden mit den Körnern?«
Marie zuckte mit den Schultern. »Keine Ahnung. Als Färbemittel für Rappen sind die mit ziemlicher Sicherheit nicht geeignet. Aber vielleicht will Peter seinem Chef eins auswischen, weil der ihn ausnutzt?«
»Aber die beiden scheinen sich doch gut zu verstehen«, wandte Kim ein. »Nein, das glaube ich auch nicht.«
»Und jetzt?«, fragte Franzi.
Kim schlug das einzig Naheliegende vor, was sie im Moment tun konnten: »Wir sollten unbedingt eine Probe von dem Zeug mitnehmen und analysieren lassen. Ich weiß auch schon, von wem: von Michi!«
Sie freute sich jetzt schon darauf, ihm die Probe zusammen mit dem eingefärbten Gras zu bringen, damit er sie mithilfe seines Chemiebaukastens untersuchte. Dann hatte sie gleichzeitig einen guten Grund, sich bald mit ihm zu treffen.
Kim holte rasch ein zweites Plastiktütchen aus ihrer Tasche.
»Okay«, sagte Franzi und schüttete vorsichtig einige Körner aus der Dose in das Tütchen.
Kim verschloss das Tütchen sorgfältig und steckte es wieder ein. »Höchste Zeit für den Abflug!«
Marie und Franzi nickten. Doch gerade als sie aufstehen wollten, gab es einen dumpfen Knall. Schlagartig wurde es dunkel. Bevor sie reagieren konnten, klapperte das Vorhängeschloss und schnappte zu. Eilige Schritte entfernten sich.

»W…was war das?«, stammelte Marie.
Kim war so geschockt, dass sie kein Wort herausbrachte.
»Jemand hat uns eingesperrt«, flüsterte Franzi. »Wir sitzen in der Falle.«

Eingesperrt

»Gib's auf!«, rief Marie. »Die Tür ist zu.«

Kim ließ frustriert ihre Hände sinken, die vom vielen Rütteln schon ganz rot geworden waren. Marie hatte recht, die Eisentür war wirklich zu schwer, und diesmal war das Vorhängeschloss fest verriegelt. Nicht mal ein starker Junge wie Michi hätte es aufbekommen.

»So eine Gemeinheit, uns einfach einzusperren!«, rief Franzi wütend. »Ich wette, das war diese Momo.«

»Oder der Reitstallbesitzer höchstpersönlich«, mutmaßte Marie.

»Oder sein Komplize Peter, der Stallbursche«, ergänzte Kim. Dann seufzte sie laut. »Aber das Rätselraten hilft uns jetzt auch nicht weiter. Wir müssen hier raus!«

Kim spürte, wie Panik in ihr hochstieg. Sie hatte schon immer Angst in geschlossenen Räumen gehabt, und dieser enge, düstere Raum war besonders schlimm. Um sich zu beruhigen, knipste sie ihre Taschenlampe an, aber der kleine Lichtkegel kam gegen die beklemmende Dunkelheit nicht an.

»Also gut«, sagte Marie. »Sammeln wir Ideen. Wer hat einen Vorschlag anzubieten?«

Franzi überlegte. »Wir könnten versuchen, zum Fenster rauszuklettern.«

»Das ist viel zu hoch«, sagte Kim sofort. »Vergiss es. Aber wir könnten laut um Hilfe rufen, bis uns jemand hört.«

»Tolle Idee!«, sagte Marie. »Dann kommt unser Gefängniswärter garantiert zurück und sorgt dafür, dass wir keinen Mucks mehr von uns geben.«

Bei der Vorstellung wurde Kim noch kälter, als ihr ohnehin schon war. Bibbernd vergrub sie ihre Hände in den Taschen ihrer Jacke.

»Oder wir rufen Fiona an«, schlug Franzi vor und suchte nach ihrem Handy. Als sie es gefunden hatte, fluchte sie: »Mist! Kein Empfang.«

»Fiona sollten wir da sowieso nicht mit reinziehen«, sagte Kim prompt.

»Finde ich auch!«, stimmte Marie zu.

Franzi verkniff sich eine bissige Bemerkung. Kim und Marie waren immer noch eifersüchtig auf Fiona. Das würde sich wohl nie ändern, egal, wie sehr sie ihnen bei den Ermittlungen half. Franzi steckte ihr Handy wieder ein und merkte plötzlich, wie erschöpft sie war. Kein Wunder, sie hatte sich ja auch die halbe Nacht um die Ohren geschlagen. Außerdem musste sie dauernd an Tinka denken, und das machte sie noch fertiger.

»Oder wir warten einfach bis morgen früh«, sagte sie schließlich.

Kim sank müde auf einen der Futtersäcke. »Was anderes bleibt uns wahrscheinlich eh nicht übrig.«
Marie schnaufte entrüstet. »Na super! Ihr wollt also aufgeben. Ihr seid ja tolle Detektivinnen.«
»He, was soll das?«, rief Franzi. »Du bist doch die Einzige von uns, die bis jetzt keinen Vorschlag gemacht hat.«
»Na und?«, gab Marie zurück. »Ich denke eben noch nach, das ist alles.«
Kim stöhnte. »Hört auf zu streiten, das halte ich nicht aus.«
»Marie hat angefangen!«, sagte Franzi.
»Gar nicht wahr!«, sagte Marie.
»Doch!« – »Nein!« – »Doch!«
Kim sprang auf und rief laut: »Stopp!« Ihre Stimme war so energisch, dass Franzi und Marie sofort verstummten.
Nach einer Weile räusperte sich Marie. »Ich schlage vor, wir probieren es doch mal mit dem Fenster. Einen Versuch ist es wenigstens wert.«
»Stimmt«, sagte Kim. Dann sahen beide Franzi erwartungsvoll an, als wäre sie Superman und würde eine solche läppische Aufgabe im Handumdrehen lösen.
Franzi seufzte. »Hab schon verstanden. Aber ich kann euch nichts versprechen.« Sie nahm Kim die Taschenlampe aus der Hand und leuchtete damit das Fenster an. »Okay, wenn wir zwei Säcke aufeinanderstapeln, müsste das eigentlich reichen.«
»An die Arbeit!«, rief Kim und war auf einmal gar nicht mehr müde. Endlich konnte sie etwas gegen ihre Angst tun.
Maries Begeisterung dagegen hielt sich in Grenzen. Ihre schöne

neue Jeans würde bestimmt total dreckig werden. Trotzdem gab sie sich einen Ruck und packte mit an.
Die Säcke waren schrecklich schwer, als hätte jemand sie mit Wackersteinen gefüllt. Kim und Marie gelang es nur mit Müh und Not und am Ende mit Franzis Hilfe, einen Sack hochzuhieven und auf den anderen zu stellen. Als sie es endlich geschafft hatten, keuchten sie alle drei.
Franzi verschnaufte kurz, dann kletterte sie los. Zum Glück war der Stoff der Säcke rau und griffig. Sie konnte sich gut daran festhalten und hatte im Nu den ersten und danach auch den zweiten Sack erklommen. Als sie sich aufrichtete, hatte sie das vergitterte Fenster in Brusthöhe vor sich. Schnell wischte sie die Spinnweben weg und berührte das Gitter. Es war ziemlich verrostet und eiskalt. Vorsichtig rüttelte sie ein bisschen daran, aber es bewegte sich keinen Millimeter.
»Kriegst du es auf?«, fragte Kim von unten.
»Bis jetzt nicht«, sagte Franzi. »Leuchte mal mit der Lampe!«
Kim richtete den Strahl der LED-Lampe genau aufs Fenster und plötzlich lachte Franzi.
»Was hast du?«, fragte Marie.
»Da sind zwei Riegel«, antwortete Franzi. »Besonders einbruchssicher ist das hier nicht.« Kaum hatte sie die beiden Riegel geöffnet, klappte das Gitter zur Seite. Das Fenster dahinter ließ sich leicht nach außen aufmachen. Doch jetzt kam der schwerste Teil. Die Öffnung war sehr schmal. Franzi machte sich so dünn wie möglich und quetschte sich durchs Fenster. In der Mitte steckte sie plötzlich fest.

»Alles klar, Franzi?«, fragte Kim ängstlich.
Franzi hatte keine Zeit mehr zu antworten. Plötzlich rutschte sie weiter und konnte gerade noch ihre Beine in die richtige Position bringen, bevor sie auf den Boden plumpste.
Der Rest war ein Kinderspiel. Zwei Minuten später hörten Kim und Marie, wie das Vorhängeschloss geöffnet wurde, und dann stand Franzi vor ihnen: mit einem Loch in der Hose, Schmutzstreifen im Gesicht und Spinnweben im Haar, aber einem breiten Grinsen auf dem Gesicht. »Worauf wartet ihr noch?«
Eine halbe Stunde später lagen die drei !!! endlich in Fionas Zimmer auf ihren Matratzen und konnten sich in die warmen Decken kuscheln. Fiona hatte sie zum Glück sofort gehört, als sie Steinchen gegen ihr Fenster geworfen hatten, und hatte sie leise ins Haus gelassen.
Franzi kam das Abenteuer schon wieder total unwirklich vor. Sie konnte kaum glauben, was alles passiert war, wenn ihr aufgeschürftes Knie sie nicht daran erinnert hätte. Sie war todmüde, aber sie wusste, dass sie jetzt nicht gleich einschlafen konnte. Kim und Marie dagegen gähnten herzhaft und würden bestimmt gleich wegdösen.
Gerade als Franzi an ihrem aufgeschürften Knie kratzte, flüsterte Fiona plötzlich: »Und? Habt ihr Tinka gefunden?«
»Nein«, brummte Marie.
»Aber Verdächtige habt ihr gesehen, oder?«, fragte Fiona weiter.
Marie brummte noch unwilliger.

Da mischte sich Kim ein und es klang auch nicht gerade erfreut: »Darüber können wir leider nicht reden. Du weißt doch, wir stecken immer noch mitten in den Ermittlungen.«

»Verstehe«, sagte Fiona, und Franzi spürte ihre Enttäuschung. Auf einmal hatte sie ein schlechtes Gewissen. Fiona war so nett zu ihnen gewesen und hatte ihnen so toll geholfen, und Kim und Marie waren trotzdem immer noch unfreundlich zu ihr. Am liebsten hätte sie ihnen gesagt, dass sie sich langsam ihre blöde Eifersucht sparen konnten, aber dafür war jetzt nicht der richtige Zeitpunkt.

Um Fiona wenigstens ein bisschen entgegenzukommen, flüsterte sie ihr zu: »Ja, wir haben Verdächtige gesehen, aber nicht erwischt. Mehr kann ich dir wirklich nicht verraten.« Fiona schwieg kurz, dann flüsterte sie zurück: »Und was macht ihr mit den Verdächtigen, wenn ihr sie erwischt?«

»Was wohl?«, sagte Franzi. »Sie überführen natürlich und der Polizei ausliefern.«

Fionas Stimme zitterte. »Und wenn sie unschuldig sind … Das sieht man doch so oft im Fernsehen. Auch die besten Polizisten und Detektive können sich mal irren.«

»Stimmt«, sagte Franzi. »Trotzdem brauchst du dir keine Gedanken zu machen. Wir haben schon so viele Fälle gelöst und noch nie falsche Schlüsse gezogen oder einen Unschuldigen ins Gefängnis gebracht.«

»Könnt ihr endlich aufhören zu quatschen?«, rief Marie.

»Wir wollen schlafen!«, brummelte Kim.

»Ja, ja«, sagte Franzi und drehte sich auf die andere Seite.

Doch genau wie sie es geahnt hatte, konnte sie lange nicht einschlafen. Die aufregenden Ereignisse der Nacht liefen immer wieder wie ein Film vor ihrem inneren Auge ab. Dazwischen musste sie an Tinka denken. Und an Fiona. Sie war wirklich nett und total lieb. Wie sie sich Sorgen machte wegen der unschuldigen Verdächtigen! Daran hatte sie selber noch gar nicht gedacht. Aber sie war wohl einfach nicht so sensibel wie Fiona. Mit diesem Gedanken döste Franzi dann doch ein.

Michi, der Mann für alle Fälle

Das waren die Momente im Leben als Detektivin, die Kim liebte: Wenn sie mit Michi zusammen sein konnte, ohne dabei ein schlechtes Gewissen haben zu müssen, dass sie den Detektivclub vernachlässigte.

»Hier sind die Proben, von denen ich dir am Telefon erzählt habe«, sagte sie und breitete feierlich die beiden Plastiktütchen auf dem Couchtisch im *Café Lomo* aus.

Michi schob die Kakaotassen beiseite, nahm die Proben in die Hand und hielt sie gegen das Licht. »Wow! Und wo habt ihr sie genau gefunden?«, fragte er laut.

»Psst!«, machte Kim und sah sich unruhig um, weil gerade zwei kichernde Mädchen an ihrem Platz vorbei zur Toilette gingen.

Michi beugte sich zu ihr vor und drückte ihr einen leichten Kuss auf die Lippen. »Du bist süß, wenn du nervös bist! Aber die beiden Mädels interessieren sich bestimmt für ganz andere Dinge.« Trotzdem wartete er, bis sie weit genug weg waren, und wiederholte erst danach seine Frage.

Kim erzählte ihm, wo die Proben herkamen, und fasste schließlich zusammen: »Uns interessiert vor allem, ob man mit der weißen Farbe auf den Grashalmen ein Pony umfärben könnte.«
»Damit es danach wie ein Schimmel aussieht?«, fragte Michi nach.
Kim nickte. »Ja, genau! Und was die orangefarbenen Körner angeht, sind wir leider selber ratlos. Vielleicht kannst du ja herausfinden, ob es irgendein Gift ist oder so, das Pferden schadet?«
»Puh!«, machte Michi. »Ich kenne mich zwar ganz gut in Chemie aus, aber das ist schon sehr speziell. Könnte schwierig werden, aber natürlich gebe ich mein Bestes.«
Jetzt gab Kim ihm einen Kuss auf die Lippen. »Du schaffst das, das weiß ich!« Sie konnte sich wirklich kein noch so verzwicktes Problem vorstellen, das Michi nicht lösen sollte. Er war einfach der intelligenteste Junge auf der ganzen Welt.
»Ich nehme an, es eilt, oder?«, fragte der intelligenteste Junge auf der ganzen Welt.
»Erraten!«, sagte Kim. »Wir brauchen die Ergebnisse wirklich bald.«
Michi steckte lächelnd die Plastiktütchen mit den Proben ein. »Ich werde mich sofort an die Arbeit machen, aber jetzt will ich noch ein paar Minuten ganz egoistisch sein und mit dir über die wichtigsten Dinge des Lebens reden.«
»Was sind denn die wichtigsten Dinge des Lebens?«, hakte Kim nach und bekam schon wieder einen akuten Anfall von Zärtlichkeit.

Michi legte den Arm um sie. »Eigentlich fällt mir da nur eine Sache ein: du!«

Die Antwort musste Kim mit einem zweiten Kuss belohnen. Und weil der so wunderschön war und nach Vanille, Kakao und Liebe schmeckte, küsste sie gleich weiter. Danach kuschelte sie sich an Michi und seufzte glücklich.

»Wir sollten mal wieder einen Ausflug machen«, sagte er, während er ihr sanft übers Haar strich. »Was hältst du von einer Radtour?«

Kim richtete sich auf. »Super! Ich hab auch schon eine Idee, wo wir hinfahren könnten: zu Franzi!«

Zum ersten Mal an diesem Nachmittag verzog Michi das Gesicht. »Wieso das? Willst du unsere Tour mit einem Clubtreffen verbinden?«

»Nein, nein!«, versicherte Kim und bekam ganz rote Wangen vor Aufregung. »Ich hab mir was total Romantisches ausgedacht: Bei Franzi im Garten steht ein Lindenbaum, das ist der Baum der Liebenden, weißt du? Da könnten wir mit einem Taschenmesser unsere Liebe verewigen.«

»Mit irgendeinem kitschigen Spruch?«, fragte Michi. »›Kim und Michi forever‹ oder so?« Er fing an zu lachen.

Kim war überhaupt nicht nach Lachen zumute. »Du findest das kitschig?«, fragte sie.

Michi schlug sich auf die Schenkel. »Das ist doch echt albern! So was machen nur Kinder.«

»Du findest mich also kindisch?«, fragte Kim.

»Nein!«, sagte Michi. »So hab ich das doch nicht gemeint.«

Kim verschränkte die Arme vor der Brust. »Wie hast du es dann gemeint?«
»Jetzt sei doch nicht gleich so empfindlich«, sagte Michi und verdrehte genervt die Augen.
Kim spürte, wie ihr Tränen in die Augen stiegen. Schnell stand sie auf und sagte: »Ich muss los.«
»Warte doch!«, rief Michi.
Aber Kim wollte nicht warten. Sie ließ ihren halb ausgetrunkenen *Kakao Spezial* mit Vanillearoma stehen und rannte aus dem Café.

Geheimes Tagebuch von Kim Jülich
Montag, 15:07 Uhr

Weiterlesen lohnt sich nicht! Wer es trotzdem tut, braucht sich hinterher nicht bei mir zu beschweren, dass er depressiv wird. Habt ihr verstanden, Ben und Lukas?
Warum warst du so gemein zu mir, Michi? Warum hast du dich über meinen Vorschlag lustig gemacht? Erst warst du so lieb und zärtlich zu mir, und dann auf einmal hast du die schöne Stimmung kaputt gemacht. Hast du es absichtlich getan?
Ich dachte, du findest die Idee genauso romantisch wie ich, aber da hab ich mich getäuscht. Du bist der unromantischste, unsensibelste Junge auf der ganzen Welt! Aber das Schlimme ist, dass ich trotzdem nicht aufhören kann, dich zu lieben.
»Kindisch« hast du meinen Vorschlag genannt. Findest du mich auch kindisch? Ist der Altersunterschied doch zu groß zwischen uns? Drei Jahre sind ganz schön viel. Ich darf gar nicht daran denken, was passiert, wenn du eines Tages ein Mädchen triffst, das so alt ist wie du und in das du dich Hals über Kopf verliebst. Schluss, Kim, hör auf, dich selbst zu quälen!
Er ist eben anderer Meinung als du, so was kann in den besten Beziehungen vorkom-

men. Trotzdem verletzt es mich so. Ich dachte, so was würde Michi und mir nie passieren. Jetzt ist es doch passiert.
Was soll ich nur machen? Ihn anrufen? Noch mal mit ihm reden? Nein! Er muss sich zuerst melden und ich muss mich irgendwie ablenken. Vielleicht sollte ich mit Ben und Lukas Fußball spie len. Draußen ist so schönes Wetter. Und danach rufe ich Franzi an. Ich muss wissen, was sie und Marie bei ihrer Recherche auf dem Reiterhof Himmelkron herausbekommen haben.
Gerade stürmen meine Zwillingsbrüder ins Zimmer herein. Als ob die Racker Gedanken lesen könnten!

Während Kim ihren Eintrag im geheimen Tagebuch beendete und mit ihren Brüdern Fußball spielen ging, stiegen Franzi und Marie aus dem Bus und liefen das letzte Stück bis zum *Reiterhof Himmelkron*. Sie hatten eineinhalb Stunden für die Fahrt gebraucht und zweimal umsteigen müssen, weil Stefan leider keine Zeit gehabt hatte, sie hinzubringen.
»Na endlich!«, rief Marie, als nach einer Viertelstunde der Reiterhof vor ihnen auftauchte. »Das hat ja ewig gedauert.«
»Ich wäre ja mit dem Rad gefahren«, stichelte Franzi, »aber du warst zu faul dazu.«
Marie hatte keine Lust, sich zu streiten. »Schon gut«, sagte sie. »Jetzt bin ich aber echt gespannt, was wir herausbekommen. Hoffentlich können wir David und Peter heimlich beobachten und dieser Momo auf den Zahn fühlen. Die hat sich ja gestern sehr verdächtig gemacht.«
Franzi nickte. »Lass uns zuerst beim Reiterstübchen vorbeischauen. Vielleicht finden wir sie dort.«

Im Reiterstübchen saßen ein paar Mädchen um den Tisch und stießen gerade mit ihren Colaflaschen an. Momo war leider nicht darunter.
»Prost!«, sagte Franzi und entdeckte Luise, das Mädchen mit dem rotem Pferdeschwanz aus ihrer Abteilung.
»Hi, Franzi!«, sagte Luise. »Kommst du gar nicht mehr zur Reitstunde?«
Franzi suchte nach einer Ausrede, die halbwegs plausibel klang. »Äh ... nein, ich kann leider nicht, hab zurzeit so viel Stress in der Schule. Du, sag mal, hast du zufällig Momo gesehen?«
»Ja«, sagte Luise. »Sie war kurz da, musste aber gleich wieder weg.«
»Wann ist sie denn gegangen?«, fragte Marie.
Luise überlegte ein paar Sekunden. »Hmm ... weiß nicht, vor einer halben Stunde ungefähr. Warum wollt ihr das denn so genau wissen?«
»Ach, nur so«, winkte Franzi ab.
Da fingen die anderen Mädchen an zu kichern, und eine sagte: »Wahrscheinlich wollen sie sich von ihr Dreadlocks machen lassen oder mit ihr einen Grufti-Club gründen!« Sofort prusteten alle los.
»Sehr witzig«, sagte Marie und lächelte gequält. Dann hakte sie sich bei Franzi unter und schob sie nach draußen.
»Das ist doch wie verhext!«, sagte Franzi, als sie das Reiterstübchen hinter sich gelassen hatten. »Dauernd entwischt sie uns.«
Marie zuckte mit den Schultern. »Da kann man nichts ma-

chen. Früher oder später kriegen wir sie schon, und wenn wir bei ihr zu Hause einbrechen müssen. Komm, lass uns nach den weißen Spuren im Gras suchen! Wenn ich mich nicht täusche, müsste die Stelle hier irgendwo sein.«

Zu zweit beugten sie sich über den Rasen. »Also ich kann nichts erkennen«, sagte Franzi. Dann stutzte sie. »Doch, hier ist noch ein bisschen Weiß hängen geblieben! Aber das Gras ist nass.«

»Sieht ganz danach aus, als hätte sie versucht, ihre Spuren zu beseitigen«, sagte Marie.

Franzi nickte. Dieselbe Schlussfolgerung hatte sie auch gerade gezogen. Damit machte sich Momo immer verdächtiger.

»Und jetzt?«, fragte Franzi. »Sollen wir übers Internet ihre Adresse raussuchen?«

Marie zögerte. »Ja ... das sollten wir – später. Wir haben ja noch was anderes ...« Weiter kam sie nicht. In dem Moment hörten sie laute Stimmen, die aus dem Wirtschaftsgebäude kamen. Dort war im Erdgeschoss ein Fenster gekippt.

»Los, schnell!«, zischte Franzi.

Zu zweit huschten sie hinüber und duckten sich unter dem Fenster. Franzis Herz klopfte schneller. Sie hatte die Stimmen sofort erkannt: Es waren David und Peter. Sie schienen sich zu streiten.

»... einfach unglaublich!«, sagte David gerade. »Diese Schmierereien sind echt das Allerletzte. Beim Reiterstübchen hab ich ja noch ein Auge zugedrückt, aber das war ein Fehler. Jetzt geht es weiter.«

»Ich finde, wir sollten kein Drama draus machen«, versuchte Peter seinen Chef zu beschwichtigen.

»Kein Drama?« Davids Stimme wurde noch lauter. »Das sehe ich anders. Die Schmierereien müssen aufhören. Der ganze Weidezaun ist verschandelt. Wer macht denn so was? Ich sollte am besten gleich alle Eltern verständigen und …«

»Das ist doch übertrieben«, sagte Peter. »Nur wegen diesem bisschen Kinderkram. Da hat sich jemand von den Kindern kreativ ausgetobt, das ist alles.«

»Von wegen Kinderkram!«, rief David. »Das ist Beschädigung von Eigentum. Wie sieht denn das aus? Und wer macht das wieder weg?«

»Ich«, sagte Peter ruhig. »Die Spuren im Gras hab ich ja auch gleich wegbekommen. Der Zaun dürfte auch kein Problem sein.«

Marie und Franzi tauschten einen Blick. Peter hatte also die Spuren entfernt, nicht Momo! Aber welche Schmierereien meinte David? Das Ganze wurde immer verworrener und komplizierter.

»Du bist viel zu gutmütig«, sagte David, aber dann seufzte er und gab sich geschlagen: »Okay, danke dir. Aber wenn so was noch mal passiert, muss ich einschreiten. Wo kommen wir denn da sonst hin?«

Peter murmelte irgendetwas Unverständliches, dann hörten Marie und Franzi eine Tür schlagen. Und bevor sie begriffen, was das bedeutete, stand der Stallbursche plötzlich vor ihnen.

»Ach … hallo! Dich kenn ich doch, oder?« Er musterte Franzi verwundert von Kopf bis Fuß.
Sie wurde rot und stammelte: »J…ja, kann sein. Ich bin eine von den Reitanfängern, und das ist Marie, eine Freundin von mir.«
Peter lächelte. »Kann ich euch helfen? Wollt ihr zu David?«
Franzi wusste nicht, wie sie reagieren sollte. Zum Glück sprang Marie für sie ein. »Ja, genau!«, sagte sie. »Wir wollen zu David!«
»Wartet lieber noch einen Moment«, sagte Peter. »Momentan ist er nicht so gut drauf.« Er zwinkerte ihnen zu, dann drehte er sich um und ging.
Franzi sah ihm nach. Er war wirklich nett, aber sie durfte sich nicht täuschen lassen. Vielleicht hatte er doch was mit Tinkas Verschwinden zu tun.
»Los, lass uns abhauen«, sagte Marie, »bevor David rauskommt und uns auch noch anbrüllt.«
Franzi nickte. »Ja, du hast recht.«
Doch gerade als sie sich zurückziehen wollten, hörten sie, wie der Besitzer laut telefonierte. »Hallo, Frau Röhn!«, sagte er.
Sofort packte Franzi Marie am Arm und zischte: »Warte! Er spricht mit Fionas Mutter.«
Das wollte sich Marie natürlich nicht entgehen lassen. Zusammen mit Franzi ging sie wieder auf Lauschposition.
»Klar, Frau Röhn«, sagte David. »Das ist doch viel einfacher und billiger für uns beide, wenn wir uns das Futter teilen. Ich kann es gleich vorbeibringen, wenn Sie möchten.« Frau Röhn schien darauf zu antworten, denn David lauschte einige

Sekunden schweigend. Dann lachte er kurz. »Keine Ursache. Ich komme gleich vorbei. Bin schon unterwegs.«
Er legte auf und diesmal flüchteten Franzi und Marie rechtzeitig. Als sie in sicherer Entfernung waren, blieben sie stehen und sahen sich an.
»Ich glaube, Momo muss warten«, sagte Marie.
Franzi nickte. »Das glaube ich auch. Los! Ich kenn eine Abkürzung zum *Ponyhof Hufeisen*. Wenn wir rennen, sind wir vielleicht gleichzeitig mit David dort.«
Sie legten einen Sprint hin und schafften die Strecke in Rekordzeit. Und sie hatten tatsächlich Glück. Gerade als sie auf den Ponyhof zuliefen, sahen sie, wie David zwei Säcke auslud und auf dem Kiesvorplatz vor dem Stall abstellte. Schnell versteckten sie sich hinter einem Busch, da kam auch schon Fionas Mutter aus dem Wohnhaus und begrüßte David herzlich: »Das ging ja wie der Blitz! Vielen Dank.«
»Gern geschehen«, sagte David. »Soll ich die Säcke gleich in den Stall bringen?«
Frau Röhn schüttelte den Kopf. »Nicht nötig. Das macht später mein Mann. Vielen Dank noch mal.« Sie drückte David ein paar Geldscheine in die Hand und sagte: »Leider hab ich heute keine Zeit für einen Kaffee. Aber wir sehen uns ja bald wieder.«
David lächelte. »Ganz bestimmt. Also dann!« Er hob die Hand zum Abschied, stieg in seinen dunkelblauen Kombi und fuhr davon.
»Verstehst du das?«, flüsterte Franzi.

»Nein«, sagte Marie. »Langsam blicke ich überhaupt nicht mehr durch. Meinst du, David und Fionas Mutter stecken unter einer Decke?«
»Möglich«, murmelte Franzi. »Vielleicht sind die Körner ja doch bloß irgendwelche Vitamine. So genau kenne ich mich da leider auch nicht aus.« Sie richtete sich langsam auf, weil ihre Knie vom Sitzen in der Hocke wehtaten. So einen verzwickten Fall hatten die drei !!! schon lange nicht mehr gehabt.
Marie klopfte sich ein paar Erdklumpen von ihrer Jeans.
»Und was machen wir jetzt?«
Fiona nahm ihnen die Entscheidung ab. Sie kam aus dem Stall und machte erst ein verdutztes Gesicht, doch dann lächelte sie.
»Hallo, ihr zwei! Na, wie geht's?«
»Gut«, behauptete Franzi, obwohl sie sich, seit Tinka weg war, nicht mehr richtig freuen konnte. Zusammen mit Marie ging sie auf Fiona zu.
Marie musterte Fionas Reithose und die Stiefel und rümpfte die Nase. Dann sagte sie: »Ihr wollt sicher über Pferde quatschen und reiten oder so ... Ich muss eh weg.«
»Echt?«, fragte Franzi überrascht. Sie konnte sich nicht vorstellen, dass Marie den weiten Weg gemacht hatte und jetzt sofort wieder verschwinden wollte. Doch als Fiona sich kurz wegdrehte, machte Marie ihr heimlich Zeichen, dass sie sich allein noch ein bisschen auf dem Hof umsehen wollte.
»Ach so«, sagte Franzi schließlich laut. »Ja, klar, du musst los. Also dann, bis morgen!« Sie winkte Marie zu, die so tat, als würde sie den Hof verlassen.

»Und, wie geht's dir so?«, fragte Franzi, während sie verlegen mit ihren Schuhen im Kies herumstocherte.
Fiona zuckte mit den Schultern. »Geht so. Aber du hättest vorher anrufen sollen. Ich hab leider total viel zu tun …«
Sie klang so gestresst wie ihre Mutter, und erst jetzt fiel Franzi auf, dass Fiona ziemlich abgekämpft und erschöpft aussah.
»Schade«, sagte Franzi. »Können wir trotzdem zusammen ausreiten?« Die Idee kam ihr spontan, weil sie wusste, dass ihr ein kurzer Ausritt selber guttun und sie auf andere Gedanken bringen würde.
Fiona schüttelte den Kopf. »Das geht leider nicht. Ich hab wirklich keine Zeit.«
»Kann ich dann alleine ausreiten, mit Coco?«, fragte Franzi.
»Nein, das geht nicht!«, sagte Fiona. Die Antwort kam so heftig rüber, dass Franzi stutzte. Hatte Fiona plötzlich einen Anfall von Eifersucht oder was war los? »Aber wieso denn nicht?«, bohrte sie nach.
Fiona trat von einem Fuß auf den anderen und druckste herum: »Weil … weil …«
»Ist Coco gerade nicht frei?«, fragte Franzi weiter. »Reitet ein Schüler auf ihr?«
»Nein, das nicht, aber …«
Jetzt wollte Franzi wirklich wissen, was los war. »Erzähl schon! Ist irgendwas passiert?«
Auf einmal füllten sich Fionas Augen mit Tränen. »Sie ist krank! Der Tierarzt ist bei ihr.«

Damit hatte Franzi am allerwenigsten gerechnet. Bestürzt sah sie Fiona an. »Krank? Was hat sie denn?«
Fiona schniefte. »Der Tierarzt weiß es nicht genau.« Plötzlich fiel Franzi wieder ein, dass Coco beim letzten Mal die Karotte verschmäht hatte und auch sonst ziemlich müde gewesen war. »Stimmt was mit ihrem Magen nicht?«, fragte sie weiter.
»Nein …« Fiona holte ein Taschentuch aus ihrer Hosentasche und schnäuzte sich. »Ich muss jetzt wieder in den Stall. Domino und zwei anderen Ponys geht es auch nicht gut.«
»Dein Domino!«, rief Franzi. Langsam ging ihr ein Licht auf, warum Fiona so fertig war. Sie machte sich natürlich Sorgen um ihr Pony. »Du Arme!«, versuchte sie sie zu trösten. »Kann ich irgendwas für dich tun? Soll ich mitgehen und dabei sein, während der Tierarzt Domino untersucht?«
»Nein!«, rief Fiona und wieder kam es ziemlich heftig rüber. Franzi zuckte zusammen. Es blieb ihr nichts anderes übrig, als Fionas Nein zu akzeptieren. Wahrscheinlich wollte sie in der schlimmen Situation alleine mit ihren Eltern und dem Tierarzt sein.
»Na gut …«, sagte Franzi. »Dann werde ich mal wieder gehen. Ruf mich an, wenn du mich brauchst, okay?«
»Okay«, sagte Fiona, war aber mit ihren Gedanken schon wieder weg. Sie nickte Franzi kurz zu, dann verschwand sie im Stall. Franzi biss sich auf die Lippen. Sie war hin- und hergerissen. Sollte sie sich heimlich in den Stall schleichen, um zu hören, was der Tierarzt sagte? Da tauchte Marie plötzlich neben ihr auf und flüsterte ihr zu: »Los, komm, schnell!«

Franzi ließ sich von Marie mitziehen. Gemeinsam rannten sie zurück zur Bundesstraße. Erst als sie wieder an der Bushaltestelle angelangt waren, blieb Marie stehen und sagte keuchend: »Ich war im Stall. Stell dir vor, vier Ponys sind krank! Der Tierarzt hat gesagt, sie sind total schlapp und müde und haben eine viel zu niedrige Körpertemperatur. Zwei sind sogar kurz vorm Kreislaufkollaps.«

Franzis Herz zog sich zusammen. »Was ist das für eine Krankheit?«

»Das ist ja das Merkwürdige!«, antwortete Marie. »Der Tierarzt weiß es auch noch nicht, er ist ratlos.«

In Franzis Kopf wirbelten tausend Gedanken durcheinander. Was hatte das alles zu bedeuten? Vier Ponys wurden doch nicht einfach so gleichzeitig krank. Wer steckte dahinter? Hatte David sie vergiftet? Oder Peter? Oder Momo? Und wo war Tinka? Franzi rieb sich stöhnend die Stirn. Plötzlich wurde ihr schwindelig und gleichzeitig schlecht.

»Tinka!«, murmelte sie. »Tinka ...«

»Ganz ruhig!«, sagte Marie, die merkte, dass es ihr nicht gut ging. »Jetzt rufen wir Stefan an. Das ist ein Notfall. Er muss uns sofort abholen.«

Kaum hatte sie den Satz beendet, klingelte ihr Handy. Marie strahlte. »Das ist er, unser Retter!«

»Bist du's, Stefan?«, fragte sie atemlos.

»Nein, ich muss dich leider enttäuschen«, sagte Kim. »Ich bin's nur. Michi hat die ersten Ergebnisse der Proben: Die weiße Farbe auf den Grashalmen enthält gröbere Pigmente und

Lack. Er meint, das wäre als Färbemittel nicht geeignet, weil dann die Fellhaare total verkleben würden und man es sofort erkennen würde. Um einen Rappen in einen Schimmel zu verwandeln, müsste man sein Fell eher bleichen, mit …«

»… Wasserstoffperoxid«, fiel Marie ihr ins Wort.

»Ja, genau!«, sagte Kim.

Marie nickte. »Alles klar. Und was ist mit diesen komischen Körnern?«

»Das ist auf alle Fälle kein Gift«, sagte Kim. »Aber was es genau ist, weiß Michi leider noch nicht. Er will die Körner weiter untersuchen und ich recherchiere parallel im Internet, ob ich irgendeinen Stoff oder ein Medikament finde, das mit ›Vetra…‹ anfängt.«

»Super!«, sagte Marie. »Das wird Franzi freuen. Sie hat sich nämlich schon total Sorgen gemacht wegen Tinka. Aber was ist eigentlich mit dir los? Du klingst so komisch. Ist irgendwas?«

Kim schwieg ein paar Sekunden, dann sagte sie zögernd: »Ach, nichts. Michi und ich haben uns nur ein bisschen gestritten.«

»Versöhnt euch mal lieber schnell!«, sagte Marie. »Wir brauchen jetzt alle unsere Energie, um den Fall endlich zu lösen.«

Die Zeugin

Am nächsten Tag hatten die drei !!! den Fall leider immer noch nicht gelöst. Franzi hätte alles drum gegeben, wenn sie wenigstens die Schule hätte schwänzen können. Das hielten ihre Eltern aber für keine gute Idee, obwohl Tinka immer noch verschwunden war. Franzi wusste, dass sie ihre Eltern nicht mehr lange hinhalten konnte. Irgendwann mussten sie Kommissar Peters einschalten. Aber noch wollten die drei !!! nicht aufgeben. Und eine Chance hatte Franzi noch in der Schule. Sie musste Momo abpassen und zur Rede stellen.

Die Stunden bis zur Pause zogen sich endlos hin. Franzi saß wie auf glühenden Kohlen, und sobald der Gong ertönte, sprang sie auf und rannte auf den Pausenhof. Mitten im Gedrängel der Schüler stieß sie mit einem Mädchen zusammen.

»Aua!«, rief das Mädchen. »Kannst du nicht aufpassen?«

»Entschuldige bitte!«, sagte Franzi zerknirscht, hob den Kopf und merkte erst jetzt, dass Momo vor ihr stand. Entschlossen packte Franzi sie am Arm und zog sie hinüber zur großen Kastanie.

»Was soll das?«, beschwerte sich Momo und wehrte sich mit Händen und Füßen, aber Franzi ließ nicht locker. Erst als niemand in ihrer unmittelbaren Nähe war, lockerte sie ihren Griff etwas und sah Momo wütend an: »Rede endlich! Was hast du mit Tinka gemacht?«
»Welche Tinka?«, fragte Momo und tat so unschuldig, als würde sie den Namen zum ersten Mal hören.
»Du weißt genau, wer Tinka ist!«, sagte Franzi. »Mein süßes schwarzes Pony, das seit Tagen verschwunden ist. Und du stehst doch auf Rappen, oder?«
Momo tat immer noch total verwirrt. »Ja, schon, aber ...«
»Na bitte«, rief Franzi triumphierend. »Also, rück schon raus damit: Wo hast du sie versteckt? Auf dem Reiterhof? Oder war dir das auf Dauer zu gefährlich? Hast du sie mit zu dir nach Hause genommen?«
Momo wand sich aus Franzis Griff heraus und schüttelte ihre Hand ab. »Nein! Ich hab dein Pony nicht gestohlen, so was würde ich nie tun.«
»Ach!«, sagte Franzi. »Wirklich? Und warum nicht?«
Jetzt wurde Momo langsam wütend. »Weil ich selber ein Pferd habe, das heißt, eigentlich eine Reitbeteiligung. Der Rappe, den ich gestriegelt habe, damals, als du mich nach dem Weg gefragt hast.«
Franzi war so verblüfft, dass ihr erst mal die Worte fehlten.
»Aber ... aber ... warum warst du dann so unfreundlich zu mir? Und warum bist du mitten in der Nacht auf dem Reiterhof herumgeschlichen?«

Momo verschränkte die Arme vor der Brust. »Dasselbe könnte ich dich fragen. Ich bin dir doch keine Rechenschaft schuldig. Was willst du eigentlich von mir? Lass mich endlich gehen.«

»Halt!«, rief Franzi und packte Momo wieder am Arm. »Nicht so schnell! Du sagst mir jetzt sofort, was du nachts auf dem Hof gemacht hast! Ich suche seit Tagen verzweifelt nach meinem Pony, ich muss es wissen.«

Auf einmal wurde Momo blass. »Ich habe deine Tinka nicht gestohlen, das musst du mir glauben. Ich habe was anderes gemacht …« Sie biss sich auf die Lippen und schwieg.

»Was?«, fragte Franzi.

Momo sah sich nervös um, bevor sie Franzi zuraunte: »Du darfst es aber niemandem verraten, das musst du mir schwören.«

Franzi hob feierlich die Hand und streckte zwei Finger aus. »Ich schwör's!«

Da rückte Momo endlich mit der Wahrheit heraus. »Ich hab den Weidezaun mit Graffiti besprüht.«

»Was hast du?« Kaum hatte Franzi die Frage ausgesprochen, gingen ihr plötzlich mehrere Lichter auf einmal auf: die Schmierereien, über die David geschimpft hatte. Die Graffiti an der Tür des Reiterstübchens. Die weißen Farbspuren im Gras, die Lack enthielten. All das hatte nichts mit ihrem Fall zu tun. Sie waren auf dem Holzweg gewesen!

Franzi schnappte nach Luft. »Du bist eine Sprayerin?«

»Pssst!« Momo sah sich wieder panisch um. »Mensch, nicht

so laut! Sonst erfährt es gleich die ganze Schule. Hier hab ich doch auch schon gesprayt.«

Plötzlich musste Franzi lachen. »Jetzt versteh ich, warum du so unfreundlich zu mir warst. Du hattest Angst, dass ich dich bei David verpfeife, oder?«

Momo nickte. »Ja, klar. Immer wenn ich gerade was gesprayt hatte, bist du plötzlich aufgetaucht.«

»Keine Angst, ich verrate dich nicht«, versprach Franzi. »Dein Geheimnis ist bei mir gut aufgehoben.«

Momo entspannte sich langsam. »Super, danke! Und du bist auch wirklich nicht sauer auf mich?«

»Warum sollte ich?«, fragte Franzi verwundert.

»Na ja …« Momo druckste herum. »Weil ich euch doch eingesperrt habe …«

»Du warst das!«, rief Franzi entrüstet. Plötzlich war sie doch sauer. »Warum hast du das denn gemacht? Du hast uns einen Riesenschreck eingejagt.«

Momo murmelte kleinlaut: »Das wollte ich nicht. Ich hab einfach überreagiert. Ich hatte plötzlich Panik, dass ihr David aus dem Bett klingelt und mich verpetzt. Es tut mir leid! Seid ihr denn wieder von alleine rausgekommen?«

»Ja, sind wir«, sagte Franzi. »Zum Glück hab ich Klettererfahrung, aber das ist echt ein Ding, was du dir da geleistet hast.«

»Tut mir leid!«, sagte Momo noch mal.

Franzi seufzte. Rückgängig machen ließ es sich sowieso nicht mehr. »Schwamm drüber«, sagte sie schließlich.

Momo atmete auf. »Danke! Kann ich jetzt gehen?«
»Ja, klar«, sagte Franzi und merkte gar nicht richtig, wie Momo verschwand und zu ihren Freundinnen rüberging. Sie hatte nur einen Gedanken im Kopf: Jetzt gab es nur noch zwei Verdächtige: David und Peter. Einer von beiden oder beide zusammen mussten Tinka entführt haben!

»Sieh mal, wer da ist!«, rief Frau Winkler, als Franzi erschöpft nach der Schule nach Hause kam und sich wie gerädert fühlte. Franzi pfefferte ihre Schultasche in die Ecke unter der Garderobe und riss die Augen auf. »Du, Benni?«
»Ja, ich«, sagte Benni. »Aber sieh mich nicht so an, als ob ich ein Monster wäre. Ich wollte dich bloß überraschen.«
Franzi versuchte zu lächeln, aber es kam nur ein schiefes Grinsen dabei heraus. »Die Überraschung ist dir gelungen.« Mit einem Schlag wurde ihr bewusst, dass sie seit dem gemeinsamen Frühstück vor zwei Tagen nicht an Benni gedacht hatte. Und davor ja auch schon nicht. Jetzt hatte sie nicht mal Herzklopfen. Das konnte nur eins bedeuten: Sie war nicht mehr verliebt in ihn!
»Freust du dich gar nicht?«, fragte Benni.
»Doch, doch!«, sagte Franzi schnell.
Frau Winkler warf ihrer Tochter einen vorwurfsvollen Blick zu. »Willst du deinen Freund nicht zum Mittagessen einladen? Es gibt Pfannkuchen.«
»Pfannkuchen?«, rief Benni und leckte sich die Lippen. »Ich liebe Pfannkuchen!«

Frau Winkler strahlte. »Du bist herzlich eingeladen!«
Franzi fühlte sich total überrumpelt, aber sie konnte Benni natürlich schlecht wieder ausladen. Zögernd folgte sie ihm und ihrer Mutter in die Küche. Dort war die ganze Familie versammelt: Chrissie, Stefan und ihre Eltern. Benni kannte bereits alle und rutschte ganz selbstverständlich auf die Eckbank neben Chrissie, die ihre Leinsamen-Diät offenbar aufgegeben hatte und sich gut gelaunt zwei Pfannkuchen auf einmal auf den Teller lud.
»Guten Appetit!«, sagte Benni zu ihr und sie antwortete mit: »Mmppff!«
Franzi bekam nicht viel mit von den Gesprächen beim Essen. Während sich Benni mit ihren Eltern und Geschwistern unterhielt, stocherte sie stumm auf ihrem Teller herum.
Frau Winkler musterte ihre Tochter besorgt. Dann sagte sie zu Benni: »Kannst du Franzi nicht ein bisschen auf andere Gedanken bringen?«
Sofort ließ Benni seine Gabel sinken. »Natürlich! Ich wollte ihr sowieso vorschlagen, dass wir skaten gehen. Hast du Lust, Franzi?«
Eigentlich hatte Franzi im Augenblick zu gar nichts Lust, nicht mal zum Skaten. Andererseits wollten sich die drei !!! erst in zwei Stunden im Hauptquartier treffen, um die nächsten Ermittlungsschritte zu besprechen, also hatte sie noch genug Zeit.
»Na gut«, sagte sie und freute sich, weil Benni sich freute. Als sie zehn Minuten später nebeneinander die Landstraße ent-

langliefen, wusste keiner so recht, was er sagen sollte. Franzi überlegte dauernd, ob sie Benni beichten sollte, dass sie nicht mehr in ihn verliebt war, aber je länger sie darüber nachgrübelte, umso mehr hatte sie Angst davor. Sie war ja selber noch total durcheinander und sie wollte ihn auf gar keinen Fall verletzen. Also schwieg sie.

Benni lächelte sie von der Seite an. »Toll, dass wir auch zusammen schweigen können!«

»Hmm ...«, machte Franzi.

»Das kann ich nur mit dir«, redete Benni weiter. »Überhaupt skate ich am liebsten mit dir.«

Franzi lächelte zurück. »Ich auch mit dir!«

Das stimmte wirklich. Früher war sie meistens alleine geskatet, weil viele ihrer Freunde ein anderes Tempo hatten oder sie mit ihrem dauernden Gequatsche genervt hatten. Mit Benni war das von Anfang an anders gewesen.

»Wollen wir um die Wette laufen?«, fragte Benni.

»Heute nicht«, sagte Franzi, aber da sauste Benni schon los. Franzi holte Schwung und versuchte, ihn einzuholen. Nach ein paar Minuten hatte sie es endlich geschafft.

»Gewonnen!«, rief sie und machte das Victoryzeichen. Benni bremste keuchend neben ihr. »Beim Skaten bist du unschlagbar.« Normalerweise hätte er sie jetzt geküsst, aber aus irgendeinem Grund tat er es nicht.

Franzi war heilfroh. Sie lachte Benni an und war zum ersten Mal wieder glücklich, wenigstens für einen kurzen Moment.

»Wo warst du denn so lange?«, fragte Herr Winkler, als Franzi alleine vom Skaten zurückkam. Benni hatte sich schon vor dem Haus von ihr verabschiedet.
»Wieso?«, fragte Franzi, während sie aus ihren Inlinern schlüpfte. Sie wunderte sich, dass ihr Vater nicht in der Praxis war, obwohl er eigentlich Sprechstunde hatte.
»Eine Frau hat sich auf unseren Steckbrief gemeldet!«, erzählte Herr Winkler.
»Echt?« Vor lauter Freude machte Franzi einen Luftsprung. Endlich gab es einen Lichtblick, ein Hoffnungszeichen! »Hat sie Tinka gefunden? Wo ist sie? Auf der Koppel?«
Ihr Vater beschwichtigte sie: »Langsam, langsam! Nein, Tinka ist leider nicht hier. Aber die Frau hat eine schwarze Rappstute gesehen, die genau auf Tinkas Beschreibung passt.«
»Wo?«, fragte Franzi noch mal.
»Sie hat die Stute auf einer Koppel in der Nähe des Ponyhofs von Fionas Eltern entdeckt«, berichtete Herr Winkler.
»Bei Fiona?«, rief Franzi. »Das gibt's ja nicht! Und? Habt ihr schon bei ihren Eltern angerufen?«
Herr Winkler schüttelte den Kopf. »Nein, wir wollten warten, bis du zurück bist. Komm mit in die Küche.«
Das ließ sich Franzi nicht zweimal sagen. Sie schob ihren Vater zur Seite und stürmte voraus. In der Küche stand Frau Winkler über das Telefonbuch gebeugt. »Ach, hallo, Franzi! Ich kann die Nummer nicht finden …«
»Kein Problem«, sagte Franzi. »Die weiß ich auswendig!« Sie nannte ihrer Mutter die Nummer und dann drängte sie

sich dicht neben sie und drückte auf die Mithörtaste des Telefons. Kurz darauf knackte es in der Leitung. »Fiona Röhn?«
»Hallo, Fiona! Hier ist Frau Winkler, Franzis Mutter. Wir haben gerade einen Anruf von einer Frau bekommen. Sie sagt, sie hat Tinka auf einer Wiese in der Nähe von eurem Ponyhof gesehen.«
»Tinka?«, sagte Fiona sofort. »Nein, die ist nicht bei uns!«
»Bist du sicher?«, hakte Frau Winkler nach. »Willst du nicht lieber noch mal nachsehen und ...«
»Nicht nötig«, unterbrach Fiona sie. »Ich hab gerade erst einen Rundgang über alle Koppeln und Wiesen gemacht, weil ich mit meinem Vater die Zäune kontrolliert habe. Wir haben beide Tinka nicht gesehen. Tut mir leid.«
Franzi stöhnte. Das durfte doch nicht wahr sein! Sie hatte sich schon so gefreut.
»Lass mich mal ran«, bat sie und nahm ihrer Mutter den Hörer aus der Hand. »Fiona? Ich bin's, Franzi. Ist Tinka wirklich nicht bei euch aufgetaucht?«
Fiona räusperte sich. »Nein ... Mensch, Franzi, kann ich dir sonst irgendwie helfen? Sollen wir noch mal zu zweit nach Tinka suchen?«
»Nein, danke«, lehnte Franzi ab. »Lieb von dir, aber ich glaube, das hat keinen Sinn. Trotzdem danke.«
»Keine Ursache«, sagte Fiona.
Franzi hatte schon aufgelegt, da fiel ihr ein, dass sie gar nicht nach Domino und den anderen Ponys gefragt hatte. Ob es ihnen wohl inzwischen wieder besser ging?

»Wahrscheinlich hat sich die Frau doch geirrt«, sagte Frau Winkler.
Ihr Mann nickte. »So was kommt oft vor. Sie hat den Steckbrief gelesen und wollte nett sein und helfen.«
Franzi knabberte auf ihrer Unterlippe herum und schwieg. Sie glaubte nicht daran, dass sich die Zeugin geirrt hatte. Irgendwas an der Sache war faul, sie kam nur nicht darauf, was. Zum Glück war sie nicht alleine. Als sie einen Blick auf ihre Armbanduhr warf, merkte sie, dass gleich Clubtreffen war. Marie und Kim mussten jeden Moment da sein. Kaum hatte sie daran gedacht, klingelte es auch schon an der Haustür.
Fünf Minuten später saßen die drei !!! in ihrem Hauptquartier. Franzi hatte sich noch schnell eine Colaflasche aus dem Kühlschrank geschnappt und eine Packung Gummibärchen. Während sie die Gummibärchen in eine Schale schüttete, schenkte Kim die Cola in drei Gläser. Franzi leerte ihr Glas in einem Zug. Das Skaten hatte sie durstig gemacht. Dann erzählte sie Marie und Kim ausführlich, was passiert war.
»Also, ich glaube auch nicht, dass die Frau sich geirrt hat«, sagte Marie. »Ich tippe eher darauf, dass David und Peter Tinka auf Fionas Hof gebracht haben, um Fionas Eltern die Schuld in die Schuhe zu schieben.«
Kim nickte. »Ja, genau. Vielleicht ist ihnen die ganze Sache zu heiß geworden. Bleibt nur die offene Frage, warum Tinka dann nicht mehr dort ist.«
Franzi spielte gedankenverloren mit einem roten Gummibärchen. »Vielleicht ist sie diesmal tatsächlich ausgebüxt, weil sie

Angst hatte ...« Der Gedanke, dass sie ihrem Pony nicht helfen konnte, machte sie noch ganz verrückt.

»Oder David hat sie schnell von der Wiese zu einem anderen Ort auf dem Hof gebracht«, sagte Marie.

Die Detektivinnen sahen sich an. Das war gut möglich. Schließlich sagte Kim: »Dieser David ist sowieso mehr als verdächtig. Wer weiß, was er mit dem Futter noch alles vorhat, selbst wenn in den Körnern kein Gift drin ist. Ich hab ja leider im Internet nichts gefunden, aber Michi ist noch dran an der Sache. Ich finde, wir sollten zum *Reiterhof Himmelkron* fahren und David beschatten. Wer ist dafür?« Marie und Franzi hoben gleichzeitig die Hände und Marie zwinkerte Franzi zu: »Meinst du, du kannst Stefan noch mal fragen, ob er uns mit dem Auto hinbringt?«

Im Galopp auf Verbrecherjagd

»Langsam müsst ihr euch aber eine andere Mitfahrgelegenheit suchen«, sagte Stefan, als sie eine halbe Stunde später auf der Bundesstraße entlangfuhren. »Ich bin schließlich nicht euer Taxifahrer!«

Marie, die sich natürlich wieder den Platz neben ihm gesichert hatte, klimperte mit ihren schwarz getuschten Wimpern. »Natürlich nicht! Wir wollen dich auf keinen Fall ausnutzen. Aber du warst unsere letzte Rettung. Wir sind nämlich an einem besonders schwierigen Fall dran und es regnet doch heute so. Das werden wir dir nie vergessen!« Mit ihrer einschmeichelnden Art schaffte sie es, Stefan wieder friedlich zu stimmen. »Schon gut, keine Ursache.«

»Dafür hast du auch was gut bei mir«, plapperte Marie weiter und übertönte damit die quietschenden Scheibenwischer.

»Einen Nachmittag am Pool, sobald das Wetter wieder besser wird, und ein Abendessen. Mit einem Lieblingsgericht deiner Wahl. Ist das ein Angebot?«

Stefan lachte. »Na dann! Da sag ich nicht Nein.«

Während Marie ihn weiter bezirzte, verdrehten Kim und Franzi auf den Rücksitzen die Augen. Marie war wirklich unverbesserlich. Sie würde garantiert auch in der Wüste oder am Nordpol flirten.
Franzi dagegen hatte ganz andere Sorgen. Tinka war jetzt schon eine Woche verschwunden. In der Zeit konnte alles Mögliche passiert sein. Sie durfte gar nicht daran denken, sonst wurde ihr schlecht.
Die Fahrt zum Ponyhof kam ihr endlos vor. Nach einer halben Ewigkeit waren sie endlich da. Stefan wollte gerade in die Zufahrt einbiegen, als ihnen ein dunkelblauer Kombi entgegenkam.
»Das ist David!«, rief Kim aufgeregt.
Franzi schreckte hoch. »Los, Stefan, hinterher!«
»Wird das hier eine Verfolgungsjagd, oder was?«, brummte ihr Bruder.
Franzi stöhnte. »Bitte frag jetzt nicht lange, fahr einfach dem Kombi hinterher, aber nicht zu auffällig!«
»Okay, okay«, sagte Stefan und griff ins Lenkrad.
Marie reckte den Kopf nach vorne. »Er ist alleine. Peter ist nicht dabei.«
»Ich nehme an, ihr wollt mich nicht aufklären, worum es geht?«, fragte Stefan.
»Nein!«, sagten Marie, Kim und Franzi wie aus einem Mund.
Stefan musste wieder lachen. Dann schwieg er zum Glück und störte sie nicht mehr. David fuhr zügig die Bundesstraße entlang und bald war klar, wo er hinwollte: zum *Ponyhof Hufeisen*.

»Ich hab's gewusst«, murmelte Franzi.
Als David zum Ponyhof abbog, sagte Marie mit säuselnder Stimme: »Lässt du uns hier raus und wartest auf uns? Das wäre supernett!«
Stefan bremste so abrupt, dass sie nach vorne geworfen wurden. »Kein Problem. Passt auf euch auf, ja?«
»Das tun wir«, sagte Marie und warf ihm zum Abschied eine Kusshand zu.
»Jetzt komm endlich!«, drängte Kim und schob Marie aus dem Wagen.
Die sprang nur ungern hinaus in den strömenden Regen. Doch dann riss sie sich zusammen und schaltete auf professionelle Detektivin um. Die drei !!! klappten ihre Anorakkapuzen hoch und liefen auf den Hof. Der Kiesvorplatz war leer und der Putzplatz auch, aber sie sahen gerade noch, wie David im Stall verschwand.
»Gibt es hinten noch eine zweite Tür?«, flüsterte Kim. Franzi zog die Schultern hoch. »Weiß ich leider nicht, aber wir sollten es versuchen. Dann können wir ihn vielleicht abpassen.«
»Gute Idee«, sagte Marie.
Zu dritt liefen sie den vom Regen aufgeweichten Trampelpfad links am Stall entlang. Als sie auf der Rückseite ankamen, sahen sie sich suchend um. Franzi entdeckte die kleine Tür zuerst und gab ihren Freundinnen ein Zeichen, dass sie vorgehen würde. Vorsichtig schob sie den Riegel zur Seite, der offenbar nicht oft benutzt wurde. Es knarrte und Franzi zuckte zusammen. Hoffentlich hatte David sie nicht gehört! So leise wie

möglich öffnete sie die Tür und lugte in den Stall hinein. Warme Luft strömte ihr entgegen, ein paar Ponys schnaubten. Diesmal standen viel mehr Ponys in den Boxen. Coco war gleich in der ersten Box und sah ihr mit traurigen Augen entgegen. Franzi wäre am liebsten zu ihr hingelaufen und hätte sie gestreichelt, aber dafür hatte sie jetzt keine Zeit.
Sie ließ ihren Blick über die Boxen schweifen, und dann sah sie ihn: David stand nur ein paar Meter entfernt in der Stallgasse und steckte gerade eine Schaufel in einen großen Futtersack. »So«, murmelte er, während er das Futter in der nächsten Box verteilte. »Hier ist noch mehr feines Futter. Ja, ihr bekommt alle was. Keine Sorge!«
Franzi drehte sich zu Kim und Marie um und flüsterte: »Auf die Plätze, fertig, los!«
Auf ihr Kommando rannten die Detektivinnen los und stürzten sich auf David. Der Reitlehrer ließ vor Schreck seine Schaufel fallen und sah die Mädchen entgeistert an. »W… was wollt ihr denn hier?«
Die drei !!! umringten ihn, damit er nicht auf die Idee kam zu flüchten. »Wir müssen mit Ihnen reden«, sagte Marie.
»Was haben Sie hier zu suchen?«
David hatte sich von seinem Schreck erholt und antwortete grimmig: »Das geht euch gar nichts an!«
»Vielleicht doch«, sagte Franzi. »Sie sind hier auf dem Hof meiner Freundin. Was haben Sie bei den Ponys zu suchen?«
David kniff die Augen zusammen. »Du schon wieder! Hast du mir nachspioniert? Ist das irgendein Spiel, oder was?«

»Das ist kein Spiel«, sagte Kim ernst. »Sie sind hier eingedrungen und füttern Ponys, die Ihnen nicht gehören!« David hob hastig seine Schaufel auf. Dann sagte er hektisch: »Ich kenne Frau Röhn! Ich habe ihr selber das Futter gebracht. Ich helfe ihr nur, weil sie so im Stress ist.«
Franzi schnaufte. »Das glauben Sie doch selber nicht! Tun Sie nicht so, als wären Sie hier der rettende Engel. Wir wissen genau, dass Sie den Ponys nichts Gutes tun wollen. Und Tinka haben Sie auch entführt!«
»Tinka? Welche Tinka?« David spielte den Ahnungslosen.
»Reden Sie schon!«, drängte Marie. »Was ist denn in dem Futter genau drin? Was sind das für orangefarbene Körner?«
»Können wir die mal sehen?«, fragte Kim und rückte David noch mehr auf die Pelle.
Davids Augen flackerten. Blitzschnell ließ er die Schaufel hinter seinem Rücken verschwinden und lächelte auf einmal freundlich. »Jetzt reicht es mit eurem Spiel, Kinder. Ich hab mitgespielt, aber nun ist es auch wieder gut.« Dann drehte er sich um und rief: »Ach, da kommt ja Frau Röhn!«
Kim, Franzi und Marie drehten sich auch um, aber dort, wo David hingezeigt hatte, war niemand. Während sie noch nach Fionas Mutter Ausschau hielten, boxte sich David plötzlich mit den Ellbogen zwischen ihnen durch und rannte los.
»Halt!«, rief Kim. »Bleiben Sie stehen!«
David stolperte, ein Beutel rutschte aus seiner Tasche, aber er merkte es nicht. Panisch rappelte er sich wieder hoch und rannte weiter.

Marie rannte hinterher und hob den Beutel auf, den er verloren hatte. Er war prall gefüllt, aber leider nicht durchsichtig. Schnell stopfte Marie den Beutel in ihre Tasche und rief: »Ihm nach!«

Franzi war sofort an Maries Seite. Kim wollte auch gerade loslaufen, da klingelte ihr Handy. »Es ist Michi! Das ist sicher was Wichtiges. Lauft schon mal vor.«

»Okay«, sagte Franzi und verschwand mit Marie.

Kim hatte zwar ein schlechtes Gewissen, dass sie Marie und Franzi alleine ließ, andererseits *musste* sie einfach mit Michi reden. Vielleicht hatte er ja nicht nur ein neues Ergebnis, was die Körner anging. Vielleicht wollte er sich auch endlich mit ihr aussprechen. Mit zitternden Fingern drückte sie auf den grünen Hörer. »Hallo, Michi! Schön, dass du anrufst.«

»Hi, Kim!«, sagte Michi atemlos. »Nur ganz kurz: Ich weiß jetzt, was in den Körnern steckt: ein Medikament für Tiere! Es heißt Vetranquil und ist ein Beruhigungsmittel. Man mischt es ins Futter, wenn Tiere besonders widerspenstig sind und transportiert werden oder zum Tierarzt müssen oder so.«

Sofort erinnerte sich Kim an die Krankheitssymptome, die Marie im Stall vom Tierarzt aufgeschnappt hatte, und eine böse Vorahnung stieg in ihr auf. »Wie sind die Nebenwirkungen? Was passiert, wenn man den Pferden zu viel davon gibt?«

»Jetzt halt dich fest«, sagte Michi. »Eine Überdosierung kann zu Müdigkeit, Appetitlosigkeit und Kreislaufschwäche führen, unter Umständen sogar zum Kreislaufkollaps. Oft sinkt auch die Körpertemperatur.«

Kim pfiff leise durch die Zähne. Das deckte sich alles genau mit den Symptomen, die der Tierarzt festgestellt hatte.
»Danke, Michi«, sagte sie. »Du hast uns sehr geholfen.«
»Gern geschehen.«
Kim wartete darauf, dass er noch irgendwas anderes erzählte, aber er schwieg, als hätten sie sich über den Fall hinaus nichts mehr zu sagen.
»Also dann ... tausend Dank noch mal«, murmelte Kim.
»Bitte«, sagte Michi.
Kim schaltete das Handy aus und seufzte. Sie wurde schon wieder total traurig, aber das konnte sie sich jetzt nicht leisten. Sie musste endlich Marie und Franzi helfen. Schnell rannte sie aus dem Stall und sah sich suchend um. Da kamen ihr auch schon Marie und Franzi entgegen. An ihren langen Gesichtern merkte Kim gleich, dass sie keinen Erfolg bei der Verfolgungsjagd gehabt hatten.
»Er ist weg!«, rief Franzi.
»Er ist uns einfach entwischt«, sagte Marie. »Dabei waren wir so schnell.«
Kim versuchte ihre Freundinnen zu trösten. »Da kann man nichts machen. Aber wir müssen sowieso erst zu Fiona und sie warnen. David ist tatsächlich schuld, dass die Ponys krank sind! Die Körner sind ein gefährliches Beruhigungsmittel und er hat den Ponys viel zu viel davon gegeben.«
Franzi riss entsetzt die Augen auf. »Dieser gemeine Kerl! Und Fionas Mutter hat sich noch extra bei ihm bedankt, als er ihr das Futter gebracht hat.«

»Los, schnell!«, rief Marie. »Weißt du, wo Fionas Zimmer ist?« Franzi schüttelte den Kopf. »Nein, aber das finden wir raus.« Sie lief durch den strömenden Regen zum Wohnhaus rüber. Dort stand die Haustür offen und Franzi rannte instinktiv die Treppe hoch und riss die erstbeste Tür auf.
Es war tatsächlich Fionas Zimmer. Fiona lag mit dem Bauch auf dem Bett und las in einer Pferdezeitschrift. Als die drei !!! mit ihren nassen Klamotten in den Raum stürmten, sprang sie sofort auf und stammelte: »W…was ist los? W…warum seid ihr hier?«
»Wir wissen jetzt, warum eure Ponys krank sind«, sagte Franzi. Dann erzählte sie, was sie über die Körner herausgefunden hatten, und zwischendurch ergänzten Kim und Marie, was Franzi vergessen hatte.
Fiona bekam immer größere Augen und wurde ganz blass. Sie starrte auf die Pfützen, die die Detektivinnen mit ihren tropfenden Anoraks und nassen Schuhen auf dem Boden hinterließen, aber sie schien sie gar nicht richtig zu sehen.
»Und das ist noch nicht alles«, sagte Franzi. »David hat nicht nur Schuld daran, dass es euren Ponys schlecht geht, er hat auch Tinka gestohlen und irgendwo bei euch auf dem Hof versteckt. Wir wollten ihn uns gerade schnappen und ihn ausquetschen, wo er sie versteckt hat, aber da ist er abgehauen.« Kim nickte. »Natürlich werden wir ihn sofort weiterverfolgen. Wir wollten dir nur kurz Bescheid geben. Ich werde dann auch gleich Kommissar Peters anrufen. Er soll herkommen und …«
»Nein, bitte nicht!«, rief Fiona und zitterte am ganzen Kör-

per. Franzi legte ihr beruhigend die Hand auf den Arm. »Hab keine Angst, alles wird gut! Der Kommissar wird uns helfen, diesen gemeinen Verbrecher zu überführen. Er hat eine gerechte Strafe verdient. Pferdediebstahl und Vergiftung von Pferden, das sind schließlich keine Kleinigkeiten.«
Fiona schüttelte Franzis Hand ab und war immer noch total aufgelöst. »Nein, nicht die Polizei!«
»Aber warum denn nicht?«, fragte Kim. »Willst du nicht auch, dass er hinter Gitter kommt, dafür, was er euch angetan hat?«
Plötzlich brach Fiona in Tränen aus. »Ich muss ... ich muss euch was beichten.«
»Dafür haben wir jetzt keine Zeit«, sagte Franzi. »Das kannst du uns doch später auch noch ...«
»Nein!«, rief Fiona. »Ich muss es euch jetzt beichten!«
Die Detektivinnen sahen sich ratlos und bestürzt an. Kim, die bereits ihr Handy gezückt hatte, um Kommissar Peters zu verständigen, ließ es wieder sinken.
Fiona schluchzte laut auf, dann presste sie hervor: »Ich war's! Ich hab Tinka entführt.«
Franzi lächelte gequält. »Jetzt ist nicht gerade der richtige Augenblick für Scherze.«
Doch Fiona wiederholte: »Es stimmt. Ich hab Tinka entführt! Ich wollte es nicht. Es tut mir leid! Ich würde es heute auch nie wieder tun, aber ich war so verzweifelt. Ich wollte meinen Eltern helfen. Die Ponys wurden von Tag zu Tag kränker und keiner wusste, warum. Es kamen immer weniger Reitschüler zu

uns. Meine Eltern mussten zwei Ponys verkaufen und hätten den Hof irgendwann dichtmachen müssen.« Franzi konnte es nicht glauben, was Fiona erzählte. »Du hast *was* gemacht? *Du* hast Tinka entführt, meine süße Tinka?«

»Ja«, sagte Fiona leise und fing wieder an zu weinen. »Franzi, es tut mir so leid. Ich weiß, dass ich das nie wiedergutmachen kann und …«

Weiter kam sie nicht. Franzi vergaß alles, was vorher passiert war. Sie vergaß die Sache mit dem Beruhigungsmittel und David und dass sie ihn dringend verfolgen mussten. Sie rastete aus: »Warum hast du das gemacht? Warum? Bist du total verrückt? Du hast mich die ganze Zeit angelogen und ich Idiot hab dir auch noch vertraut!«

Fiona flehte: »Franzi, bitte verzeih mir! Ich wollte wirklich nur meinen Eltern helfen.«

Jetzt mischte sich Marie ein: »Und die waren einverstanden damit, dass du einfach ein fremdes Pony geklaut hast?«

Fiona schüttelte den Kopf. »Nein! Das hätten sie nie zugelassen. Sie wissen es ja gar nicht. Ich hab ihnen erzählt, dass mir eine Mitschülerin ihr Pony geliehen hat.«

»Das auch noch!«, rief Franzi wutentbrannt.

Fiona wurde immer kleiner. Sie war nur noch ein unglückliches Häufchen Elend.

Kim bekam Mitleid mit ihr und stellte sich zwischen sie und Franzi. »Das hat doch keinen Sinn, Franzi! Lass sie. Damit änderst du jetzt auch nichts mehr.«

Franzi kochte immer noch vor Wut. Doch plötzlich fiel ihr ein, dass sie die wichtigste Frage noch gar nicht gestellt hatte. »Wo ist Tinka? Wo hast du sie versteckt?«

»Sie ist in einem Schuppen ein paar Meter hinter dem Stall, in der Nähe der Weide«, sagte Fiona. »Da hab ich sie vor einer Stunde hingebracht. Der Schuppen ist sehr klein, aber ihr geht es trotzdem gut und …«

Franzi hörte sich den Rest nicht mehr an. Sie dachte nur noch an Tinka und rannte los. Kim, Marie und Fiona rannten ihr hinterher, aber Franzi war schneller und hatte bald einen großen Vorsprung. Der Regen hatte nachgelassen, aber es tröpfelte immer noch vor sich hin. Franzi achtete nicht darauf. Im Nu hatte sie den Schuppen hinter dem Stall entdeckt. Die Tür stand halb offen.

Franzi riss sie auf und rief: »Tinka! Tinka, wo bist du?« Kein Wiehern, nichts. Der Schuppen war leer. Franzi stand fassungslos da und starrte auf den Boden, auf dem nur zertrampeltes Stroh und zwei Pferdeäpfel verrieten, dass Tinka noch vor Kurzem hier gewesen sein musste.

Keuchend kamen Marie, Kim und Fiona beim Schuppen an.

Da drehte sich Franzi wütend zu Fiona um: »Du hast mich schon wieder angelogen! Wo ist Tinka? Wenn du es mir nicht sofort verrätst, dann …«

»Aber sie war gerade noch hier!«, rief Fiona. »Ich schwör's dir! Ich hab doch extra noch das Schloss zugemacht, damit sie nicht ausbüxen kann. Hier ist der Schlüssel!« Zum Beweis holte sie einen Schlüssel aus ihrer Hosentasche und schwenkte ihn vor Franzi.

Franzi glaubte jetzt gar nichts mehr, was Fiona ihr erzählte. Das konnte irgendein Schlüssel sein.
Gerade als sie sich auf Fiona stürzen wollte, stieß Kim einen Schrei aus. »Seht nur! Das Schloss wurde aufgebrochen.«
»Das kann nur einer gewesen sein«, sagte Marie. »David!«
Wie auf ein unhörbares Kommando drehten sich die Detektivinnen gleichzeitig um und starrten zur Weide hinüber. Da sahen sie, wie David gerade ohne Zaumzeug und Sattel versuchte, auf Tinka aufzusteigen.
Franzi wurde blass. »Das kann er nicht machen! Er ist doch viel zu schwer für ein Pony.« Sie war so geschockt, dass sie sich nicht rühren konnte. Kim und Marie waren genauso entsetzt wie sie.
Da lief Fiona auf David zu und brüllte: »Lassen Sie sofort das Pony los!«
David machte vor Schreck eine heftige Bewegung und dann ging plötzlich alles ganz schnell: Tinka erschrak mindestens genauso wie David. Sie bäumte sich auf, wieherte, riss sich los und galoppierte davon. David zögerte keine Sekunde, hechtete über den Weidezaun und schnappte sich Joker, ein großes Pferd, das ein Reitschüler gerade gesattelt hatte.
»He, was soll das?«, protestierte der Reitschüler, aber da war David schon auf Joker gesprungen und galoppierte hinter Tinka her.
Jetzt endlich konnte Franzi sich wieder rühren. »Na warte! So leicht entkommst du mir nicht«, murmelte sie. Sie rannte hinüber zur Weide, sprang auch über den Zaun auf die nasse Wiese und lief auf Lucky zu.

Der Braune erkannte sie sofort wieder und begrüßte sie mit einem erfreuten Schnauben. Er war weder gesattelt noch hatte er Zaumzeug an, aber das war Franzi egal.
»Na, Lucky, hast du Lust auf einen kleinen Ausflug?«, sagte sie atemlos.
Blitzschnell schwang sie sich auf Luckys Rücken, griff in seine Mähne und drückte ihm die Schenkel in die Flanken.
»Jetzt zeig mal, was du kannst!«
Lucky war so überrascht, dass er widerstandslos gehorchte und loslief. Da hörte Franzi auf einmal hinter sich Fionas Stimme: »Ich komme auch mit!« Dann trappelten Hufe hinter Franzi, kamen näher, und schon war Fiona an Franzis Seite, ebenfalls ohne Sattel und Zaumzeug auf einem Schimmel. Franzi nickte ihr nur kurz zu, dann sah sie wieder nach vorne. David galoppierte am Rand der äußeren Weide entlang und bog gerade in einen schmalen Feldweg ein. Tinka war ihm ein Stück voraus.
Franzi trieb Lucky noch mehr an. In scharfem Galopp nahmen Franzi und Fiona die Verfolgung auf. Der Wind pfiff ihnen um die Nasen. Regentropfen klatschten ihnen ins Gesicht. Sie bemerkten es nicht. Sie hatten nur ein Ziel vor Augen: David und Tinka so schnell wie möglich einzuholen.
Jetzt erreichten sie den Feldweg. Dann sahen sie David am Horizont vor sich – und Tinka. Sie galoppierte immer noch ein Stück voraus.
»Schneller!«, rief Franzi.
Lucky schien zu spüren, dass es um alles ging. Immer kürzer wurde der Abstand zu David und Tinka.

Jetzt hörte David, dass er verfolgt wurde, und drehte sich im Sattel um. Panik breitete sich auf seinem Gesicht aus. Hektisch spornte er Joker zu noch schnellerem Tempo an, aber er war zu grob. Joker wieherte empört auf und fiel zurück in Trab. Sofort wurde auch Tinka langsamer.

»Bleiben Sie stehen!«, rief Franzi.

»Halten Sie sofort das Pferd an!«, rief Fiona.

David dachte nicht daran. Verzweifelt versuchte er, wieder loszugaloppieren, aber Joker hatte endgültig genug von der unsensiblen Art seines Reiters. Er buckelte los, und bevor David wusste, wie ihm geschah, landete er in hohem Bogen im Matsch. Tinka kehrte um, stellte sich neben Joker und wieherte fröhlich. Franzi und Fiona brachten ihre Ponys zum Stehen und kreisten David ein.

Franzi konnte sich ein Grinsen nicht verkneifen, weil David über und über mit Schlamm bespritzt war. »Tja«, schmunzelte sie. »Reiten ist schwer! Das waren doch Ihre eigenen Worte, oder?«

David wischte sich die Schlammspuren von der Stirn und starrte Franzi finster an. »Ich hab nichts getan, ihr könnt mir gar nichts nachweisen!«

»Das werden wir dann ja sehen«, sagte Franzi kühl. »Meine Freundinnen und ich sind Detektivinnen und wir haben stichhaltige Beweise, dass Sie den Ponys hohe Dosen eines Beruhigungsmittels verabreicht haben. Das wird die Polizei bestimmt interessieren. Kommissar Peters ist übrigens schon unterwegs.«

David wurde bleich. Wie aufs Stichwort hörten sie aus der Ferne die Sirene eines Polizeiautos aufheulen.

Das Reiterfest

»Da kommen sie!«, rief Kim aufgeregt und winkte Franzi zu. Franzi winkte zurück, während sie gemächlich auf Lucky neben Tinka, Fiona und David auf den Ponyhof zuritt. Sie kam sich vor wie der Held in einem Westernfilm beim Happy End, wenn der Bandit endlich erledigt ist. Nur das Lasso fehlte, aber sie hatte David auch so eingefangen.

Aber noch viel schöner war, dass sie endlich Tinka gefunden hatte. Immer wieder beugte sich Franzi kurz zu ihr rüber und strich ihr über den Kopf. »Jetzt pass ich immer auf dich auf«, flüsterte sie so leise, dass nur Tinka es hören konnte.

»Dich wird keiner mehr entführen, das verspreche ich dir.«

Tinka schnaubte und schien jedes Wort zu verstehen.

Da räusperte sich plötzlich Fiona. Seit sie David geschnappt hatten, war sie merkwürdig still gewesen. Jetzt sah sie Franzi mit großen Augen an. »Wird mich Kommissar Peters auch festnehmen?«, fragte sie ängstlich.

»Nein!«, sagte Franzi. »Natürlich nicht. Du bist doch noch viel zu jung, und außerdem ...«

»Und außerdem?«, wiederholte Fiona leise.
Franzi zögerte. Sie war immer noch sauer auf Fiona, aber ihre größte Wut war inzwischen verraucht. Fiona schien es ja wirklich leidzutun und sie musste sehr verzweifelt gewesen sein, dass sie so etwas getan hatte. »Und außerdem ...« Franzi biss sich auf die Lippen und merkte, dass sie es noch nicht fertigbrachte, Fiona zu verzeihen, obwohl sie ihr geholfen hatte, David zu überführen.
Kim und Marie befreiten sie aus der unangenehmen Situation. Sie liefen ihr beide entgegen und bestürmten sie mit Fragen: »Wie hast du das bloß geschafft?«
»Was ist genau passiert?«
»Du bist echt so was von mutig. Ich hätte mich das nie getraut.« Die letzten beiden Sätze kamen natürlich von Kim.
Franzi wehrte ab. »Ach, das war gar nicht so schwer! Und Fiona war ja auch dabei.« Dann stieg sie schnell ab und sah sich um.
Neben Kommissar Peters standen Fionas Eltern und starrten David fassungslos an. Kim und Marie hatten ihnen zwar schnell erzählt, was sie herausgefunden hatten, aber Fionas Eltern konnten es einfach noch nicht glauben.
Franzi ging stolz auf Kommissar Peters zu. »Wir haben wieder einen Fall gelöst. Dieser Mann hat etliche Ponys mit hohen Dosen eines Beruhigungsmittels geschwächt. Einige Ponys sind sogar richtig krank geworden.«
Marie gab dem Kommissar den Beutel, den David im Stall verloren hatte. »Und hier sind die Körner drin, die David heim-

lich unter das Kraftfutter gestreut hat. Das Medikament heißt Vetranquil.«

David stammelte: »W...woher wisst ihr das? Wie habt ihr das herausbekommen?«

»Tja«, sagte Kim und verschränkte die Arme vor der Brust. »Das können wir Ihnen leider nicht verraten, wir sprechen nie über unsere Ermittlungen.«

Kommissar Peters pfiff durch die Zähne. »Ihr habt ja wieder ganze Arbeit geleistet. Vielen Dank!«

Langsam begriffen Fionas Eltern, was passiert war.

»David!«, rief Frau Röhn. »Ausgerechnet du! Wir haben dir vertraut.«

Ihr Mann versuchte sie zu beruhigen und sah David verächtlich an. »Dass du so etwas tun konntest! Ich dachte immer, du bist ein Pferdefreund.«

»Aber ich wollte doch nicht, dass die Ponys krank werden!«, beteuerte David. »Ich wollte nur, dass sie ein bisschen müde werden und nicht mehr so gut arbeiten können. Seit ihr euren Ponyhof neu aufgemacht habt, sind alle plötzlich dort hingerannt. Nichts hat genützt, obwohl ich doch dauernd Anzeigen in die Zeitung gesetzt und mit meinen neuen Ponys geworben habe. Dabei sind die Reitstunden bei mir viel besser. Das wissen alle. Ich hab jede Menge Turniererfolge, jede Menge!«

»Ja, ja«, sagte Kommissar Peters, packte David und ließ die Handschellen zuschnappen. »Das können Sie alles in Ruhe im Präsidium erzählen. Da können Sie dann auch gestehen, ob Sie noch einen Komplizen haben, der Ihnen geholfen hat.« David schüttelte den Kopf. »Nein! Mein Stallbursche hat nichts damit zu tun. Peter ist unschuldig. Das habe ich alles alleine verbockt.«

Die drei !!! tauschten einen Blick. Also hatte ihr erster Eindruck von Peter sie nicht getäuscht.

»Vielen Dank noch mal«, sagte Kommissar Peters. »Ihr seid die besten Detektivinnen, die ich kenne.« Dann führte er David zum Polizeiauto.

Kim, Marie und Franzi platzten fast vor Stolz. Das hatte der Kommissar noch nie zu ihnen gesagt.

Zwei Wochen später waren die drei !!! wieder auf dem *Ponyhof Hufeisen*, aber diesmal nicht als Detektivinnen. Trotzdem hatten sie alle Hände voll zu tun.

»Marie, Franzi! Helft ihr mir, die Lampions aufzuhängen?«, fragte Kim, die auf einer Partybank stand und einen großen Herzlampion in der Hand hielt.

»Ja, klar«, sagte Marie, und Franzi legte die Papierservietten kurz weg.

»Den Reitplatz müssen wir auch noch schmücken«, sagte Kim. »Und Frau Röhn fragen, ob sie noch Luftschlangen hat. Und die Kuchen rausbringen und …« Je mehr sie nachdachte, umso mehr fiel ihr ein.

Franzi verdrehte genervt die Augen. Kim tat so, als würde sie hier alles alleine organisieren und könnte die anderen herumscheuchen. Dabei war das Reiterfest ihre gemeinsame Idee gewesen, nachdem sie den Fall gelöst und den Täter überführt hatten.

Da kam Fiona völlig aufgelöst aus dem Haus. »Ich finde die Lose für die Tombola nicht! Sie müssen irgendwo im Wohnzimmer sein, aber ich hab keine Ahnung, wo.«

»Keine Panik«, sagte Franzi. »Ich helfe dir suchen.« Sie überließ Kim und Marie das Aufhängen der Lampions, ging am Grill vorbei, den Fionas Vater schon seit einer Stunde professionell anheizte, und folgte Fiona ins Haus.

»Das ist echt lieb von dir«, sagte Fiona und lachte sie an. Franzi lachte zurück. Noch vor zwei Wochen hätte sie nie im Leben geglaubt, dass sie sich mit Fiona versöhnen und wieder ihre Freundin werden würde. Aber manchmal gab es eben Wunder im Leben. Das erste Wunder war gewesen, dass Fiona sich noch mal bei ihr entschuldigt hatte und für Tinka einen neuen Putzkasten mitgebracht hatte. Das zweite Wunder war gewesen, dass Domino, Coco und die anderen kranken Ponys schnell wieder gesund geworden waren. Eigentlich gab es noch ein drittes Wunder, aber dabei hatten die drei !!! ziemlich nachgeholfen. Sie hatten die Idee gehabt, ein großes Reiterfest auf dem *Ponyhof Hufeisen* zu organisieren und mit dem Erlös der Tombola Fionas Eltern wieder auf die Beine zu helfen, damit sie ihren Hof nicht schließen mussten. Erst hatten sich die Eltern gewehrt, aber dann hatten sie schließlich doch zugestimmt.

»Wo können die Lose bloß sein?«, riss Fiona sie aus ihren Gedanken.

Franzi bückte sich und kroch unter das Sofa. »Hier sind sie!« Triumphierend holte sie eine Plastikschale mit bunten Losen hervor.

Fiona strahlte. »Du bist genial! Jetzt weiß ich es auch wieder. Ich hab die Lose beim Fernsehschauen gefaltet.« Sie klemmte sich die Schale unter den Arm, warf einen Blick auf die Wanduhr und stieß einen leisen Schrei aus: »Schon halb drei, und in einer halben Stunde kommen die ersten Gäste. Das schaffen wir nie!«

Sie schafften es natürlich doch irgendwie. Punkt drei Uhr war alles fertig: die Tische und Bänke auf dem Kiesvorplatz aufgestellt, die Lampions aufgehängt, die Salate und der Kuchen verteilt, der Reitplatz geschmückt und die Ponys gestriegelt und aufgezäumt.

Als die ersten Gäste eintrudelten, hatte Fionas Vater bereits eine Ladung Steaks gegrillt, die natürlich sofort Abnehmer fanden. Dann füllte sich der Vorplatz schlagartig. Kims und Franzis Eltern kamen zusammen mit Chrissie und Stefan. Und sogar Herr Grevenbroich hatte sich extra freigenommen. Marie hakte sich bei ihm unter und führte ihn zu einem Tisch. Kim, Fiona und Franzi setzten sich dazu. Doch kaum hatten sie angefangen zu essen, tauchte plötzlich Michi auf. Kim legte sofort ihr Würstchen auf den Teller zurück und wurde rot. »Hi! Schön, dass du da bist. Setz dich doch!« Seit die drei !!! den Fall abgeschlossen hatten, hatte sie Michi nur einmal kurz gesehen und sich immer noch nicht mit ihm ausgesprochen.

Michi schüttelte den Kopf und knetete verlegen seine Hände, obwohl er bestimmt hungrig war. Dann fragte er leise: »Hast du kurz Zeit? Ich würde gerne etwas mit dir allein besprechen.«

»Natürlich«, sagte Kim und stand so hastig auf, dass sie aus Versehen die Luftschlangen vom Tisch fegte. Mit weichen Knien ging sie mit Michi hinüber zur Weide.
Michi schwieg ziemlich lange. Erst als sie am Zaun standen, fing er stockend an zu reden: »Also, ich hab noch mal nachgedacht. Wenn du magst, können wir das gern machen mit dem Schnitzen, mit unseren Namen und Herzen und so.«
»Aber du findest es doch kindisch«, sagte Kim schnell. »Und vielleicht ist es das wirklich. Du musst es nicht mir zuliebe machen, ehrlich …«
Michi lächelte. »Ich mach es nicht nur dir zuliebe. Ich will es auch.«
»Aber warum denn auf einmal?«, fragte Kim.
Jetzt lächelte Michi auch mit den Augen. Dann beugte er sich zu ihr hinunter und hauchte in ihr Ohr: »Weil ich dich liebe: forever!«
Kims Knie wurden noch weicher, aber da nahm Michi sie auch schon in seine Arme und küsste sie. Kim schloss die Augen. Sie war so froh und so erleichtert und so glücklich, und das alles gleichzeitig. Bis jemand in ihrer Nähe laut »Schmatz!« machte.
Verärgert löste sie sich aus Michis Armen und sah sich um. Vor ihr stand Marie und grinste von einem Ohr zum andern. »Ich will euer Liebesglück ja nicht stören, aber wenn ihr noch Würstchen wollt, müsst ihr euch beeilen. Die sind nämlich bald alle.«
Kim stöhnte. »Musste das jetzt sein?«

Da zupfte Michi an ihrem Pulli und sagte: »Ich hab tatsächlich einen Bärenhunger.«
Kim musste lachen. »Na gut! Dann gehen wir was essen, bevor du verhungerst!«
Marie wollte schon mitgehen, da klingelte ihr Handy. Als sie den Anrufer auf dem Display entdeckte, ging sie sofort ran.
»Hallo, Kommissar Peters! Das ist ja nett. Gibt's was Neues?«
»Ja«, sagte der Kommissar. »Euer David hat inzwischen alles gestanden. Er wird wohl eine saftige Geldbuße bekommen, unter Umständen auch eine Freiheitsstrafe auf Bewährung. Aber das Schlimmste für ihn ist, dass er seinen Reiterhof erst mal dichtmachen muss, bis die Ermittlungen abgeschlossen sind.«
Ganz kurz tat ihr David leid, aber dann dachte Marie wieder, dass er seine Strafe verdient hatte. »Danke, dass Sie mich gleich angerufen haben«, sagte sie.
Kommissar Peters lachte. »War doch klar. Also, macht weiter so. Bis zum nächsten Fall!«
»Bis zum nächsten Fall«, sagte Marie und legte auf. Hoffentlich bekamen die drei !!! bald wieder einen neuen Fall! Sie zumindest hätte nichts dagegen. Während sie noch darüber nachdachte, meldete sich ihr Handy ein zweites Mal. Diesmal war es eine SMS: von Holger!

Liebste Marie!
Komme übermorgen zurück. Kann es kaum erwarten, dich zu sehen. Manchester ohne dich war grau und leer.
Tausend Küsse, Holger

Maries Herz machte einen Sprung. Plötzlich wusste sie wieder, dass sie Holger über alles liebte, und zwar nur ihn! Da konnten ihr alle Flirts der Welt gestohlen bleiben.
»Holger!«, sagte sie leise vor sich hin und presste das Handy an ihr Herz.
Plötzlich räusperte sich jemand neben ihr. »Ähm ... ich bin zwar nicht Holger, sondern nur Stefan, aber ich wollte dich fragen, ob ich dir was zu trinken holen kann. Eine Cola vielleicht?«
Marie schüttelte den Kopf und die Antwort fiel ihr überhaupt nicht schwer: »Nein, danke. Ich hab jetzt keine Zeit. Die Reiterspiele fangen gleich an.«
Stefan sah ihr verdutzt hinterher. Marie spürte seine Blicke in ihrem Rücken, aber sie drehte sich nicht mehr um und lief auf Franzi zu, die schon ungeduldig auf sie wartete.
Der Rest des Nachmittags verging wie im Flug. Die Reiterspiele wurden ein voller Erfolg. Franzi und Fiona gewannen beide zweimal und bekamen jede Menge Applaus. Danach hielt Frau Röhn eine herzergreifende Rede und bedankte sich tausendmal bei den drei !!! und den anderen Gästen für ihre Hilfe und die großzügigen zusätzlichen Geldspenden. Zusammen mit dem Erlös der Tombola war der Hof gerettet. Kim, Marie und Franzi klatschten so viel, dass ihnen am Schluss die Hände wehtaten.
Als sich die Menge wieder auflöste, tauchte plötzlich Benni auf.
»Na endlich!«, rief Kim. »Franzi hat bestimmt schon sehnsüchtig auf dich gewartet.«

Hinter Bennis Rücken trat Franzi Kim gegen das Schienbein. Was redete sie da bloß?
»Entschuldige, Franzi«, sagte Benni. »Ich musste ... äh ... noch einen Brief schreiben.«
Da hielt es Franzi nicht mehr länger aus. Sie gab sich einen Ruck. Sie musste endlich mit ihm reden, jetzt oder nie!
Sie gingen zu zweit in Richtung Stall und mit jedem Schritt wurde Franzis Herz schwerer. Wie sollte sie es Benni bloß sagen, dass sie nicht mehr in ihn verliebt war? Verzweifelt suchte sie nach den richtigen Worten, aber ihr fiel einfach nichts ein.
»Ist irgendwas?«, fragte Benni schließlich.
Franzi nickte beklommen und Benni wurde langsam unruhig.
»Du kannst mir alles sagen«, versicherte er. »Wir sind doch Freunde.«
»Ja, genau, Freunde!«, rief Franzi und war total froh, dass er ihr das Stichwort gegeben hatte. »Hättest du denn was dagegen, wenn wir Freunde bleiben, ich meine ... *nur* Freunde? Ich bin nämlich nicht mehr ... also ... ich mag dich schon noch sehr, aber eben als Freund ...«
Benni lächelte traurig. »So was Ähnliches habe ich mir schon gedacht. Mach dir keinen Kopf.«
»Echt?«, fragte Franzi.
Benni nickte. »Ja, echt. Hier, lies selber!«
Er holte ein zerknittertes Papier aus seiner Hosentasche. Franzi nahm es mit zitternden Fingern entgegen und faltete es auf. Es war der Brief, von dem er gesprochen hatte.

Liebe Franzi!
Willst du, dass wir in Zukunft wieder nur Freunde sind?
Ja: O
Nein: O
(Zutreffendes bitte ankreuzen)
Viele liebe Grüße,
dein Benni

Franzi fiel ein Riesenstein vom Herzen. »Ja!«, rief sie und fiel Benni um den Hals.
»Jetzt ist aber Schluss mit Knutschen!«, sagte Kim, die plötzlich mit Marie neben Franzi aufgetaucht war. »Die drei !!! müssen was bereden.«
Franzi verabschiedete sich schnell von Benni und ging mit Kim und Marie mit. »Gibt es irgendwas Dringendes?«, fragte sie. »Seid ihr etwa immer noch eifersüchtig auf Fiona?« Kim grinste. »Nein, aber wir müssen unbedingt unser Hauptquartier aufräumen!«

Henriette Wich hat als Kind Pferdebücher geliebt. Ihr größter Wunsch mit zehn Jahren war es, reiten zu lernen. Dieser Wunsch ist erst viele Jahre später in Erfüllung gegangen. Gemeinsam mit ihrer Tochter geht die Autorin nun regelmäßig auf einen Pferdehof.

Leseprobe

Mira Sol:
Legende der Einhörner

Kim sprang ein. »Guten Tag! Wir sind vom Schülerjournal und machen eine Reportage über alte Bibliotheken.«
Der Professor runzelte die Stirn. »Das ist sicher eine gute Sache. Aber mir wäre es sehr lieb, wenn ich unterrichtet werde, bevor fremde Personen in diesen sensiblen Bereich gelangen.«
Meri schluckte. »Ja, sicher. Daran haben wir nicht gedacht.«
»Nun gut.« Der Professor lief zu einem der Arbeitstische an der Wand und sah sich suchend um. »Ich habe mein Handy hier vergessen«, murmelte er.
Er sah auf seine Armbanduhr. »Es ist schon nach sechs. Meine Damen, wollen Sie nicht für heute Schluss machen? Das Wochenende ruft.« Sophie wies mit dem Kinn zum Kopiergerät. »Wir wollten noch ein Kapitel einscannen.«
Der Professor nickte. »Wenn Sie meinen. Aber dann darf ich die drei jungen Damen bitten, mit mir zu gehen. Habt bitte Verständnis, aber aus versicherungstechnischen Gründen kann ich es nicht verantworten, dass ihr mit zwei studentischen Aushilfskräften hier alleine seid.«
Marie setzte ein gewinnendes Lächeln auf. »Wir bräuchten nur noch ein paar Minuten.«

Professor Gercke schüttelte den Kopf. »Nicht ohne meine Anwesenheit. Ihr könnt gerne nächste Woche kommen, wenn ich da bin.«

Marie runzelte die Stirn und setzte zum Sprechen an. Sophie kam ihr zuvor. »Lasst uns telefonieren und einen Termin ausmachen, okay?«

Die drei !!! tauschten einen kurzen Blick. Es war offensichtlich, dass die Studentinnen keinen Ärger mit ihrem Professor haben wollten.

Franzi nahm ihre Jacke und ihren Rucksack. »Alles klar. Kommt, wir gehen.«

Kim und Marie schnappten sich ebenfalls ihre Sachen und verabschiedeten sich von den Studentinnen.

»Ich ruf dich an«, sagte Meri zu Franzi und klopfte ihr auf die Schulter. »Tut mir leid, dass das jetzt so gelaufen ist.«

Franzi schüttelte den Kopf. »Das ist kein Problem. Bis bald!«

»Nichts für ungut«, sagte Professor Gercke, nachdem die schwere Schlosstür hinter ihnen zugeschlagen war. »Ich finde es wirklich sehr schön, dass ihr euch für Bibliotheken interessiert. Aber die Bestimmungen der Versicherungen sind streng. Ich möchte meinen Ruf nicht aufs Spiel setzen.«

Die drei Freundinnen liefen mit dem Professor bis zum Ende der Steinbrücke. Dort verabschiedete sich der Mann von ihnen und nahm mit schnellen Schritten den Weg zum Westtor.

Franzi zwinkerte. »Sollen wir noch mal zurück ins Schloss?«

»Lieber nicht«, meinte Kim. »Ich will nicht, dass Meri und Sophie wegen uns Ärger kriegen.«

Marie tippte auf ihre Armbanduhr. »Außerdem haben wir gar nicht mehr so viel Zeit. Lasst uns zu mir nach Hause gehen.«
»Na gut«, antwortete Franzi sofort. »Ich freue mich schon total auf den Babysitterabend. Dein kleiner Bruder ist so süß.«
Marie nickte. »Das ist er wirklich. Aber ich warne euch: Finn wird versuchen, uns um den Finger zu wickeln, um ewig wach bleiben zu dürfen.«
»Das macht doch nichts«, meinte Kim. »Dann schlagen wir uns eben die Nacht um die Ohren. Morgen können wir schließlich ausschlafen.«
Die Mädchen liefen durch die einsetzende Dämmerung in Richtung Osttor.
Franzi seufzte. »Schade, dass wir nur so ein kurzes Stück von den Geheimgängen sehen konnten.«
Kim seufzte ebenfalls. »Ehrlich gesagt, finde ich das gar nicht so schlimm. Diese Gänge sind schon verdammt eng.« Sie rückte ihre Tasche zurecht. »Aber die Geschichte mit der Wunderkammer fand ich spannend. Ich würde gerne mal einen Blick in dieses Tagebuch werfen.«
»Hoffentlich meldet sich Meri bald«, stimmte Franzi zu. »Vielleicht ist es ja tatsächlich in einer der Kisten, die an den Restaurator geschickt wurden.«
»Wittert ihr etwa einen neuen Fall?« Marie grinste und flötete: »Die drei !!! auf der Suche nach der geheimen Wunderkammer. Warum nicht?!«
Kim zuckte mit den Schultern. »Mach dich nur lustig. Ich find's spannend.«

Sie bogen in die Allee ein, die ins Ostviertel führte, in dem Marie wohnte.

Plötzlich blieb Marie stehen und sah durch die schmiedeeisernen Stäbe des Zauns, der das Grundstück der Villa neben ihr umgab. »Was war das?« Sie deutete in den hinteren Gartenbereich, in dem sich die schwarzen Silhouetten von mehreren mächtigen Tannen erhoben. »Da hat was geleuchtet.«

Franzi reckte den Hals. »Ich sehe nichts.«

»Doch«, beharrte Marie. »Da war ein blaues Leuchten.«

Franzi kniff die Augen zusammen. »Vielleicht ein Wetterleuchten? Es fängt bestimmt gleich an zu regnen.«

»Ich weiß nicht«, sagte Marie zögernd.

Im nächsten Moment riss Franzi die Augen auf. Ein blaues Schimmern war zwischen den Tannen aufgetaucht. Es nahm an Stärke zu, schien auf und ab zu schweben und zitterte unruhig.

Und dann blieb Franzi der Mund offen stehen. Im Zentrum des blauen Leuchtens tauchte eine kleine weiße Gestalt auf: ein steigendes Pferd, dessen lange Mähne wild im Wind flatterte. Franzi schluckte. Mitten auf der Stirn des Tieres prangte ein langes, silbern glänzendes Horn.

Mit einem Schlag erlosch das Licht und die Gestalt wurde von der Dunkelheit verschluckt.

Franzi schüttelte den Kopf. »Leute, ich hab Halluzinationen«, presste sie hervor.

Marie fasste sie am Arm. »Hast du etwa auch ein …«

»… Einhorn gesehen?«, ergänzte Kim.

Marie lachte hysterisch. »Das kann ja wohl nicht wahr sein.« In der nächsten Sekunde hörten sie einen schrillen Schrei.

Die drei !!!

Clevere Girls knacken jeden Fall!

- ☐ Die Handy-Falle
- ☐ Betrug beim Casting
- ☐ Gefährlicher Chat
- ☐ Gefahr im Fitness-Studio[e]
- ☐ Tatort Paris[e]
- ☐ Skandal auf Sendung[e]
- ☐ Vorsicht Strandhaie![e]
- ☐ Skaterfieber[e]
- ☐ Im Bann des Tarots[e]
- ☐ Tanz der Hexen[e]
- ☐ Kuss-Alarm[e]
- ☐ Popstar in Not[e]
- ☐ Gefahr im Reitstall
- ☐ Spuk am See[e]
- ☐ Duell der Topmodels[e]
- ☐ Total verknallt![e]
- ☐ Gefährliche Fracht[e]
- ☐ VIP-Alarm[e]
- ☐ Teuflisches Handy[e]
- ☐ Beutejagd am Geistersee[e]
- ☐ Skandal auf der Rennbahn[e]
- ☐ Jagd im Untergrund[e]
- ☐ Undercover im Netz[e]
- ☐ Fußballstar in Gefahr[e]
- ☐ Herzklopfen![e]
- ☐ Tatort Filmset[e]
- ☐ Vampire in der Nacht[e]
- ☐ Achtung, Promihochzeit![e]
- ☐ Panik im Freizeitpark[e]
- ☐ Falsches Spiel im Internat[e]
- ☐ Betrug in den Charts[e]
- ☐ Party des Grauens[e]
- ☐ Küsse im Schnee[e]
- ☐ Brandgefährlich![e]
- ☐ Diebe in der Lagune[e]
- ☐ SOS per GPS[e]
- ☐ Mission Pferdeshow[e]
- ☐ Stylist in Gefahr[e]
- ☐ Verliebte Weihnachten[e]
- ☐ Achtung, Spionage![e]
- ☐ Im Bann des Flamenco
- ☐ Geheimnis der alten Villa[e]
- ☐ Nixensommer
- ☐ Skandal im Café Lomo!
- ☐ Tatort Geisterhaus[e]
- ☐ Filmstar in Gefahr[e]
- ☐ Unter Verdacht[e]
- ☐ Die Maske der Königin[e]
- ☐ Skandal auf dem Laufsteg[e]
- ☐ Freundinnen in Gefahr[e]
- ☐ Krimi-Dinner[e]
- ☐ Das rote Phantom
- ☐ Hochzeitsfieber!
- ☐ Klappe und Action!
- ☐ Wildpferd in Gefahr
- ☐ Geheimnis im Düstermoor[e]
- ☐ Tatort Kreuzfahrt
- ☐ Gorilla in Not[e]
- ☐ Das geheime Parfüm
- ☐ Liebes-Chaos!
- ☐ Der Fall Dornröschen
- ☐ Spuk am Himmel
- ☐ Flammen in der Nacht
- ☐ Der Graffiti-Code
- ☐ Heuler in Not
- ☐ Tanz der Herzen[e]
- ☐ Tatort Geisterbahn
- ☐ Gefahr im Netz
- ☐ Nacht der Wölfe
- ☐ Gefährliches Spiel
- ☐ Gefahr in den Ruinen
- ☐ Kuss der Meerjungfrau
- ☐ Legende der Einhörner
- ☐ Rätsel der Vergangenheit
- ☐ Tatort Hollywood
- ☐ #Falscher Ruhm
- ☐ Achtung, Gaunerzeichen!
- ☐ Das Bienengeheimnis
- ☐ Vier Pfoten in Gefahr
- ☐ Ein echt schöner Fall
- ☐ Geheimnis im Spukhotel
- ☐ Das Konfetti-Komplott
- ☐ Voller Einsatz für die Erde
- ☐ Luftballon-Küsse
- ☐ Ein Fall mit Herz und Huf
- ☐ Rätselhafter Raub
- ☐ Geheimnisvoller Liebestrank
- ☐ Die Krimi-Verschwörung
- ☐ Der Fluch der Fee
- ☐ Mission Gipfelglück
- ☐ Geburtstagsdiebe
- ☐ Geheimnis am Fluss

Alle Bücher auch als E-Book erhältlich
[e] nur als E-Book erhältlich

diedreiausrufezeichen.de